edition suhrkamp

Redaktion: Günther Busch

Hans Magnus Enzensberger, geboren am 11. November 1929 in Kaufbeuren, lebt in München. Lyrik: *Verteidigung der Wölfe; Landessprache; Blindenschrift; Gedichte 1955–1970, Mausoleum. 37 Balladen aus der Geschichte des Fortschritts. Der Untergang der Titanic. Eine Komödie.* Essays: *Einzelheiten; Politik und Verbrechen; Deutschland Deutschland unter anderm; Äußerungen zur Politik; Palaver. Politische Überlegungen.* Prosa: *Der kurze Sommer der Anarchie.* Anthologien: *Museum für moderne Poesie; Allerleirauh. Viele schöne Kinderreime; Freisprüche. Revolutionäre vor Gericht.* Dokumentationen: *Das Verhör von Habana; Gespräche mit Marx und Engels.* Übersetzungen.

Diese Essays, 1962 zusammen mit anderen Aufsätzen des Autors in dem Buch *Einzelheiten* veröffentlicht, analysieren ein »immer leidiges, zuweilen blutiges Thema, getrübt von Ressentiment und Untertanengeist, Verdächtigung und schlechtem Gewissen« –: die Dialektik von Literatur und Politik, Sprache und Gesellschaft. Was hat Dichtung mit Politik zu schaffen? Wie verhält sich die Kunst zur Gesellschaft? Derlei Fragen geht Enzensberger nach, jeweils am Einzelfall. Er löst den ideologischen Rost von den literarischen Sachverhalten. Kritik ist seine Absicht, und sie geht, weil in die Einzelheit, aufs Ganze. »Über große Zusammenhänge«, schreibt er, »sind wir allzu oft und allzu eilig unterrichtet worden. Weniger harmlos scheint mir, was im Vordergrund steht; vielleicht wird es deshalb ungern wahrgenommen.«

»Enzensberger hat sich in den Jahren, in denen diese zeitkritischen und literarischen Aufsätze entstanden sind, den Namen eines couragierten Analytikers der modernen Bewußtseinslage, des Verhältnisses von politischer Situation, sozialem Verhalten und Intellekt gemacht.« *Deutsche Zeitung.*

Hans Magnus Enzensberger
Einzelheiten II
Poesie und Politik

Suhrkamp Verlag

9. Auflage 2015

Erste Auflage 1984
edition suhrkamp 67

Printed in Germany
Umschlag gestaltet nach einem Konzept
von Willy Fleckhaus: Rolf Staudt
ISBN 978-3-518-10087-5

Inhalt

Weltsprache der modernen Poesie

1. *Vergangenheit der Moderne*

Die moderne Poesie ist hundert Jahre alt. Sie gehört der Geschichte an. Aber wie weit trägt der Begriff der Modernität? Er ist selber keineswegs modern, im Sinn des kürzlich Entstandenen. Das Wort ist spätlateinisch, um die Wende des fünften Jahrhunderts aufgekommen, und sein Weg durch die europäischen Sprachen ist ein Thema für Habilitationsschriften: es stiftet, seit seiner Prägung, Bewegung und Verwirrung; die Willkür, die ihm anhaftet, ist nicht von ihm zu trennen. Nur durch Verabredung, von Fall zu Fall, ist ihm ein deutlicher Sinn beizulegen. Moderne Poesie also, auf diesen Seiten, soll heißen: Poesie nach Whitman und Baudelaire, nach Rimbaud und Mallarmé. Die *Grashalme* sind 1855, die *Blumen des Bösen* 1857 erschienen. Unzweideutig und strahlend »modern« war das Werk dieser wenigen, »einzelner tiefsinniger Naturen«, die »wie versiegelte Brunnen« in der zweiten Hälfte des vergangenen Jahrhunderts gestanden und »mit Arcanis gehandelt« haben (Brentano). Rimbaud war es, der zur unbedingten Forderung erhob: »Il faut être absolument moderne!«
Kaum aber war die moderne Poesie entdeckt, so entdeckte sie in sich auch schon das Verlangen nach ihrer Theorie. Diesem Verlangen hielt ein anderes die Waage: sich von keiner Theorie bändigen zu lassen. In Bewegungen und Gegenbewegungen, Manifesten und Antimanifesten ist der Begriff des Modernen ermüdet. Seine Energie hat sich verbraucht. Trübe dient er heute der Werbung fürs Bestehende, gegen das er einst sprengende Kraft verheißen hatte. Gespenstisch ist er eingegangen in das Wörterbuch der Konsumsphäre. Das Moderne ist zum Nur-noch-Modernen geworden, ausgesetzt journalistischer Zustimmung, fungibles Moment der industriellen Produktion.

Derart sieht sich die moderne Poesie in unsern Tagen einem doppelten Zugriff preisgegeben. Ihre alten Widersacher wittern Morgenluft. Sie fabeln vom Ende der Neuzeit, vom Verlust der Mitte, die sie alsbald wiederzufinden hoffen, von der Überwindung des Nihilismus, für den sie die unbotmäßige Poesie haftbar machen, und vom goldenen, vom postrevolutionären Zeitalter, in das sie uns versetzen möchten. Was modern ist, glauben sie zu erledigen, indem sie es für antiquiert erklären. Im gleichen Atemzug, mit dem sie Majakowski einen alten Hut nennen, spielen diese sonderbaren Hüter des abendländischen Erbes gegen ihn Vergil und Dante aus. Im Namen der Tradition befehden sie die Moderne, ohne zu begreifen, daß sie selber längst zur Tradition gehört. Aber die moderne Poesie hat auch blinde Parteigänger. Ihr Applaus ist nicht viel harmloser als reaktionärer Widerspruch. Wer die historische Differenz leugnet, die uns von Benns *Morgue* und Schwitters' *Blume Anna* trennt, wer auf unvermittelten Anschluß aus ist und als neu ausgibt, was sich bloß den Fortgang erspart, der pflegt heute auf den Titel des Avantgardismus zu pochen. Das Pathos des Begriffs hat sich längst zersetzt, er ist, wie der des Modernen, taub und schlackig geworden in dem Maß, in dem sich die Aporien, die ihm von Anfang an innewohnten, historisch entfaltet haben. Wer sich der Vorhut zurechnet, sieht die Künste als Marschkolonnen, die ihm nachzufolgen angetreten sind. Das Fatale an dieser Vorstellung vom Fortschreiten der produktiven Kräfte hat Baudelaire schon erkannt, als sie noch in ihren Anfängen steckte: »Diese Gewohnheit, sich militärischen Metaphern anzuvertrauen, zeichnet nicht unbeugsame, sondern Geister aus, die der Disziplin, das heißt der Anpassung zuneigen, unfrei geborene, provinzielle Geister, die nur im Kollektiv denken können.« [1] Traditionalismus schlägt

1 *Mon coeur mis à nu*, XLI. Den Hinweis auf diese Stelle verdanke ich Paul Celan.

heute, angesichts der Moderne, in Geschichtsfeindlichkeit, Avantgarde in kunstgewerbliche Imitation um.

3. Poesie als Prozeß

Ihre Gegner und ihre Nachläufer, beide drohen die moderne Poesie uns zum Phantom zu machen. Dagegen hilft nur, daß man sie selbst zitiert, vorzeigt und begreift als ein unabdingbares, als das jüngste und mächtigste Element unserer Tradition. [2] Es gilt, sie der bloßen Bewunderung ebenso zu entziehen wie der Vergessenheit und der Nachahmung. Ihre Leser sollen sich an ihr messen, ja sie, *ad liminem*, produktiv verbrennen – ein Akt, aus dem das Alte (und auch das Alte der Moderne) immer von neuem phönixhaft hervorgeht. Das wäre, recht verstanden, die Aufgabe der historischen Kritik: sie hat Vergangenes nicht zu mumifizieren, sondern dem Zugriff der Späteren auszusetzen. Die Tradition der Moderne ist Herausforderung, nicht Konsekration.

Das versteht sich, aber nicht von selbst; denn die Wissenschaft von der Kunst, somit auch die von der Poesie, begreift ihren Gegenstand allzugern als ein Arsenal, ein Ensemble einzelner Werke, und wird so ihrem historischen Berufe untreu. Poesie ist ein Prozeß. Kein Museum, auch kein imaginäres, kann ihn sistieren. Wer's versucht, verdinglicht die poetische Produktion zum Fetisch. Er sieht das Werk als zeitlos transportabeln Kunstschatz, in dem sich das vermeintlich Unvergängliche als mündelsichrer Wert verkörpert. Recht hat eine solche Meinung darin, daß sich das einzelne Werk allerdings gegen die nagenden Kräfte der Geschichte über lange Zeiträume hinweg zu behaupten vermag. Aber sie vergißt, daß der Prozeß die Werke, die er ins Leben ruft, nicht nur verwundet und verzehrt, nicht nur mit den Narben des Ruhmes und der Vergessenheit zeichnet; er trägt sie auch, hält sie am Leben, führt ihnen neue Kräfte zu. Der Händler- und Besitzersinn, der sie

2 Dieser Aufgabe stellt sich, als ein erster Versuch, das *Museum der modernen Poesie*, auf dessen Vorrede der hier gegebene Text beruht.

als Kapital und ewigen Vorrat stapeln möchte, behält allemal unrecht gegen das, was er verwahrt. Der Wissenschaft, sofern sie an ihm teilhat, geht es nicht anders. Selbst diejenigen ihrer Grundbegriffe, die von der Einsicht in den Prozeßcharakter der Künste Zeugnis ablegen: Epoche und Strömung, Schule und Bewegung, können ihr unter der Hand zu manipulierbaren Sachen erstarren, wenn sie sich nicht dagegen wehrt. Derart leblos und verfestigt wirken manche unter den Begriffen, auf die sich die Literaturwissenschaft verläßt, um die Vielfalt der modernen Poesie in ihrem Sinn zu ordnen. Die Dichter selbst haben sie erfunden, nicht immer aus den besten Gründen, nicht selten aus Taktik, aus Bequemlichkeit, ja aus Versehen. Vom Futurismus bis zum Tremendismus, vom Vortizismus bis zur *poésie concrète* umfaßt die Liste der »Bewegungen« gut zwei Dutzend Namen. Viele davon werden in Seminaren und Literaturgeschichten bis auf den heutigen Tag für bare Münze genommen. Hier wäre zum Mißtrauen zu raten. Der diagnostische Wert dieser Stichmarken ist gering. Sie trüben den Blick aufs Einzelne, indem sie es einer Doktrin unterwerfen; dem Blick aufs Ganze sind sie im Weg, indem sie ihn auf rivalisierende Gruppen ablenken, die übrigens meist an ihren eigenen Sprachkreis gebunden sind.

4. Destruktion und Rückgriff, Negation der Negation

Nicht weniger fragwürdig, was der Moderne, im Guten oder Bösen, nachgesagt wird: sie hätte mit den Werken der Vergangenheit gebrochen, sie abgetan, gar überholt oder erledigt, zertrümmert oder überwunden. So voreilige Überwindung ist immer verdächtig; wen sie nichts kostet, der pflegt damit am raschesten bei der Hand zu sein. Die Wahrheit ist, daß die moderne Poesie von Anfang an, was ihr voranging, besser kannte als ihre konservativen Gegner. Die Weltliteratur war ihr Museum; sie hat es gekannt und genutzt. *Il faut être absolument moderne* – das hieß Verwerfung des status quo, Destruk-

Die Kapuzinergruft
Roman
Auch als Diogenes Hörbuch erschienen, gelesen von Peter Matić

Die Geschichte von der 1002. Nacht
Roman
Auch als Diogenes Hörbuch erschienen, gelesen von Michael Heltau

Die Legende vom heiligen Trinker
Erzählung
Auch als Diogenes Hörbuch erschienen, gelesen von Mario Adorf

Der Leviathan
und andere Meistererzählungen. Ausgewählt von Daniel Keel. Mit einem Nachwort von Stefan Zweig
Ausgewählte Meisterzählungen auch als Diogenes Hörbuch erschienen: *Der Leviathan,* gelesen von Senta Berger, sowie *Triumph der Schönheit,* gelesen von Peter Simonischek

Ich zeichne das Gesicht der Zeit
Essays, Reportagen, Feuilletons. Herausgegeben und kommentiert von Helmuth Nürnberger

Heimweh nach Prag
Feuilletons, Glossen, Reportagen für das ›Prager Tagblatt‹. Herausgegeben und kommentiert von Helmuth Nürnberger

Außerdem erschienen:

Joseph Roth – Leben und Werk
Essays und Zeugnisse. Herausgegeben von Daniel Keel und Daniel Kampa

Joseph Roth / Stefan Zweig
Jede Freundschaft mit mir ist verderblich
Briefwechsel 1927–1938. Herausgegeben von Madeleine Rietra und Rainer-Joachim Siegel. Mit einem Nachwort von Heinz Lunzer

tion alles Ererbten, radikale Negation der Literaturgeschichte, wie sie, verstümmelt, in Akademien betrieben ward. Es hieß Revolte – aber es hieß auch intensives Studium der Meister, Annahme der Herausforderung, die von ihren Werken ausging, Resorption der Vergangenheit im Vorgang des Schreibens. Was in ihm nicht aufgehoben wird, das ist nicht zu retten. Nur die Literatur kann Literaturgeschichte schreiben, nicht allein die ihrer eigenen, sondern die aller Zeiten. Derart hat die moderne Poesie, was ihr voranging, zurück bis zu den Anfängen der Dichtung, für unsere Augen verwandelt. Unser »Erbe« verdanken wir der Zerstörung desjenigen, das diese Dichter vorgefunden haben. Eine Tafel ihrer Meister aufzustellen, wäre lehrreich. Sie enthielte alles, was uns vom Alten zu bewegen vermag. Apollinaire und Breton haben Novalis und Brentano studiert. Ezra Pounds Kanon, in vielen theoretischen Schriften dargelegt, reicht von der klassischen Lyrik der Chinesen bis zu den Versen der Troubadours, von der Poesie der Sappho bis zu der Prosa Flauberts. Brechts Werk ist von der Begegnung mit Lukrez und Horaz, mit Villon, mit der Psalmenübersetzung Luthers, mit dem japanischen Nô-Spiel geprägt. Die großen spanischen Poeten unseres Jahrhunderts haben die alten Romanzen, Lope, Quevedo und Góngora wiederentdeckt, ja entfesselt. Die moderne Poesie ist durchgeistert vom Echo Catulls, von Bildern, die der indianischen und der Bantu-Dichtung entstammen, von Erinnerungen an das japanische Haiku, an die Chöre der griechischen Tragiker, an die Verse der Veden und der *metaphysical poets*, an die Kunst des Märchens und die des Madrigals. Dieser Vielfalt ist eine Besonderheit unseres Jahrhunderts anzumerken.

Die Ausfaltung des historischen Bewußtseins ist, unterstützt von der Technik der Reproduktion, soweit gediehen, daß uns jedes künstlerische Material, sei es zeitlich oder räumlich noch so entlegen, mühelos zur Hand ist. Dieser Reichtum, und die Leichtigkeit, mit der wir über ihn verfügen, ist für den Dichter eine Chance und eine Gefahr. Mit Recht hat man bemerkt, daß mit der Moderne die Stunde des *poeta doctus* geschlagen hat.

Ob sie ihr Wissen zur Schau stellt oder verbirgt: sicher ist, daß in Zeiten wie diesen jede bedeutende Dichtung eine enorme Einstrahlung von Tradition brechen und resorbieren muß.

Destruktion und Rückgriff: diese Seite am Prozeß der modernen Poesie ist bisher noch nicht hinreichend durchschaut. Beschrieben kann nur werden, was insgesamt in unser Blickfeld gerückt ist. Dazu haben bisher die Voraussetzungen gefehlt. Eine immense Arbeit des Dolmetschens ist nötig, um das Phänomen zu übersehen.

Sie ist im Gang. Der Krieg und seine Folgen, in Deutschland schon längst vordem der Rückfall in die Barbarei, haben sie um Jahrzehnte verzögert. Je mehr sich aber der Rückblick auf diese Dichtung schärft, desto deutlicher schlägt ihm Destruktion, das Gesetz, nach dem sie angetreten, in Konstruktion um. Zersetzung, Entwurzelung, Nihilismus, Willkür, Vandalentum, – oder wie immer sonst reaktionäre Empörung die Triebkräfte der modernen Poesie benannt haben mochte –, haben einen neuen Sprachzustand geschaffen und konsolidiert. Merkwürdig, wie wenig dieser konstruktive Zug, der dem Prozeß doch von seinen Anfängen an abzulesen ist, bemerkt wird, ganz als gellten die Zerstörungsrufe Marinettis und Bretons den Zeitgenossen heut noch in den Ohren. So ist auch die alberne Frage nach dem Positiven bis heute nicht verstummt, obgleich sich der Kodex der modernen Poesie bereits derart verfestigt hat, daß sie geringeren Geistern erlernbar scheint, also ein epigonales Fortleben zeitigt. Das ist nicht überraschend. Wer nicht müde wird, die moderne Poesie kopfschüttelnd nach dem Positiven abzufragen, der übersieht, was auf der Hand liegt: »negatives« Handeln ist poetisch nicht möglich; die Kehrseite jeder dichterischen Destruktion ist der Aufbau einer neuen Poetik.

Sie wird sich freilich nicht normativ abfertigen, höchstens deskriptiv vorzeigen lassen; denn die Stunde der Regel-Bücher ist vorüber, endgültig. Vorarbeiten, Ansätze zu einer modernen Poetik als Beschreibung sind getan, mehr nicht. Montage und Ambiguität; Brechung und Umfunktionierung des Reimes; Dissonanz und Absurdität; Dialektik von Wucherung und Reduktion; Verfremdung und Mathematisierung; Langverstechnik, unregelmäßige Rhythmen; Freiheit des Tonfalls und der Phrasierung; harte Fügung; Anspielung und Verdunklung; Erfindung neuartiger metaphorischer Mechanismen; Erprobung neuartiger syntaktischer Verfahren: dies sind nur einige der Stichwörter und Kategorien, die man zu einem theoretischen Verständnis der modernen Poesie aufgeboten hat. Wieweit sie triftig und brauchbar sind, darüber entscheiden die Texte selbst. Eine souveräne und kritische Darstellung, die ihren innern Zusammenhang aufzudecken vermöchte, steht bis heute aus.

5. *Vorgeschichte*

Sowenig wie ihre Poetik ist die Geschichte der modernen Poesie geschrieben. Sie wird sich aufs zwanzigste Jahrhundert nicht beschränken können. Denn die lautlosen Katastrophen der Sprache geschehen nicht von einem Tag auf den andern, auch nicht von einer Generation zur andern. Sie bereiten sich lange vor. In den Schriften der Romantiker findet man die ersten Spuren jener Gärung, von der die poetische Sprache in den vergangenen hundert Jahren erfaßt worden ist. Übertreibend könnte man sagen, daß der erste theoretische Niederschlag der modernen Poesie, noch ehe sie entstanden war, in den Sätzen des Novalis zu finden sei. Die Entstehung des Historismus, jene Revolution des Bewußtseins, die Friedrich Meinecke analysiert hat, fällt in die gleiche Zeit: Voraussetzung und geistesgeschichtliches Korrelat des seiner selbst bewußten Prozesses, in dem sich die poetische Sprache der Moderne entfaltet. Diesen literarhistorischen und geistesgeschichtlichen *terminis a quibus* entspricht politisch jener der großen französischen Revolution. So wenig sie in ihrer Wirkung durchschaut und gesichert sein mögen, so dringlich ist auf ihnen gegenüber jeder Betrachtungsweise zu bestehen, die

die moderne Poesie auf allezeit wiederkehrende »Strukturen« zurückführen und dadurch zum Verschwinden bringen möchte, daß sie erklärt, es habe sie immer gegeben. Wie Geschichte überhaupt, so ist auch die der Poesie irreversibel. Sie wiederholt sich nicht. Davon kann nur ahistorisches Denken, das sich auf die unverbindliche Betrachtung phänomenologischer Muster beschränkt, absehen; nicht ohne die Absicht, der immer noch beunruhigenden Moderne die Zähne zu ziehen, sie zu domestizieren.

Produktiv wird der Prozeß der modernen Poesie um die Mitte des neunzehnten Jahrhunderts. Seine Protagonisten wurden eingangs genannt. Ihre Liste ist vorläufig, sie läßt Ergänzungen und Korrekturen zu. Gérard de Nerval und Edgar Allan Poe, Emily Dickinson und der Comte de Lautréamont, Gerard Manley Hopkins und Jules Laforgue, Alexander Block und William Butler Yeats könnten darin erscheinen: aber damit sind schon fast alle Namen zitiert, die hier von Bedeutung sind. Bis ins erste Jahrzehnt des zwanzigsten Jahrhunderts war die moderne Poesie die Sache ganz weniger hervorragender Geister, eben jener »einzelner tiefsinniger Naturen«, deren Erscheinen Brentano vorhergesagt hatte. Einzelne Beziehungen lassen sich zwischen ihnen herstellen, aber es kann nicht die Rede davon sein, daß ihre Werke einen Kontext bilden. Jeder von ihnen war auf sich gestellt in feindseliger Zeit und hatte die Aktualität, die ihm später zuwuchs, durch Isolation und Mißachtung zu büßen. Diese Dichter sprachen in den schalltoten Raum der Geschichte, die Zukunft.

6. Kontext

Zu Anfang des zwanzigsten Jahrhunderts ist der Prozeß der modernen Poesie in eine neue Phase eingetreten. Von wann sie datiert, darüber ist kaum ein Zweifel möglich. Das Jahr 1910 bezeichnet die Schwelle. Eine ganze Kette von literarischen Explosionen hat damals die literarische Öffentlichkeit aller führenden Länder erschüttert. 1908 erschien der erste Gedichtband von Ezra Pound, ein Jahr später kamen die ersten Verse von William Carlos Williams; ebenfalls 1909 publizierte Saint-John Perse die *Images à Crusoé*, gleichzeitig mit dem Futuristischen Manifest. 1910 trat mit dem *Sturm* und der *Aktion* in Deutschland der Expressionismus auf den Plan, in Rußland ließ Chlebnikow, in Alexandria Kavafis seine ersten Gedichte drucken. 1912 folgten Guillaume Apollinaire, Gottfried Benn, Max Jacob und Wladimir Majakowski, ein Jahr später Giuseppe Ungaretti und Boris Pasternak. Diese Daten stehen für viele. Sie zeigen an: Fortan ist die moderne Poesie nicht mehr die Sache einzelner Autoren und Werke, die wie Findlinge fremd in der Zeit stehen; sie ist zeitgenössisch geworden. Gleichzeitig an den verschiedensten Punkten der westlichen, bald auch der östlichen Welt tauchen, zunächst noch sporadisch und voneinander oft ganz unabhängig, Publikationen auf, die bald zu einem internationalen Kontext zusammenrücken.

Die Veränderung ist qualitativ, nicht vergleichbar mit früheren historischen Brüchen. In den wenigen Jahrzehnten, die seit dem Sturmjahr 1910 vergangen sind, hat die moderne Poesie in der Welt ihre Herrschaft angetreten. Ihre Dichter haben unter sich ein Einverständnis erreicht, das wie nie zuvor die nationalen Grenzen der Dichtung aufgehoben und dem Begriff der Weltliteratur zu einer Leuchtkraft verholfen hat, an die in anderen Zeiten nicht zu denken war. Dieses Einverständnis ist in vielen Fällen biographisch zu fassen. Unter den führenden Köpfen der modernen Poesie waren manche, die ihren Kontext schon sehr früh übersahen und als Kundschafter und Übersetzer, Kritiker und Essayisten daran gingen, ihn ausdrücklich und sichtbar zu machen. Wäre die Wissenschaft von der Literatur weniger an die Grenzen der Nationalsprachen gebunden, so fände sie hier eine ideale Spielwiese für ihre Forschungen. Allerdings hat die Suche nach Einflüssen und direkten Wechselwirkungen immer etwas Subalternes. Das Einverständnis, von dem hier die Rede ist, zeichnet sich ja gerade dadurch aus, daß es auf sie nie angewiesen war. So finden sich zwischen Santiago de Chile und Helsinki, zwischen Prag und Madrid, zwischen New York und Leningrad immer wieder ganz überraschende Übereinstimmungen, die sich nicht auf gegenseitige Abhängigkeiten zurückführen lassen. Nicht, daß der und jener den andern gekannt oder gelesen hat, macht das Wesen der Erscheinung aus, sondern umgekehrt: daß in den verschiedensten Zonen der Welt Autoren, die nie voneinander gehört haben, zu gleicher Zeit, unabhängig voneinander, auf vergleichbare Aufgaben, vergleichbare Lösungen kommen. Die Ära der literarischen Weltausstellungen und Biennalen, auf denen Land für Land, säuberlich geschieden, mit einem eigenen Pavillon erscheint, ist fortan vorbei. Das Gedicht trägt nicht länger die Landesfarben auf der Brust. Die großen Meister der modernen Poesie, zwischen Chile und Japan, sie haben miteinander mehr gemein als jeder mit seiner nationalen Herkunft.

An den Lebensläufen mancher Autoren ist dieser übernationale Zug exemplarisch abzulesen. Im Jahre 1880 wurde in Rom ein gewisser Guillaume-Albert-Wladimir-Apollinaire Kostrowitzky geboren; im Geburtenregister findet sich ein Eintrag unter dem Namen Guillaume-Albert Dulcigni. Die Mutter des Kindes ist in Helsinki geboren und entstammt einer polnisch-russischen Familie; der Vater ist ein Sizilianer namens Francesco Constantino Camillo Flugi d'Aspermont. Guillaume Apollinaire, wie er sich später nannte, hat zeit seines Lebens französisch geschrieben, wie der Litauer Oscar Wenceslas de Lubicz Milosz, wie der Chilene Vicente Huidobro (von dem auch spanische Werke existieren), wie der farbige Dichter Aimé Césaire aus Basse-Pointe, Martinique, und der Elsässer Jean Arp, der seine deutschen Verse mit dem Namen Hans Arp signiert. Der Peruaner Vallejo ist in Paris gestorben, der Türke Hikmet lebte als russischer Staatsbürger in Moskau, der Amerikaner Pound in Italien. Supervielle, in Uruguay gebürtig, war ein Bürger beider Hemisphären. Der Chilene Neruda hat seine Gedichte in Djakarta, México,

Madrid, Paris und Moskau geschrieben. Der Grieche Kavafis ward in Konstantinopel geboren, in England erzogen; sein Leben verbrachte er in Ägypten. Die Aufzählung ließe sich schier beliebig fortsetzen. Wer darauf aus wäre, solche Dichter fürs eine oder fürs andere Land zu reklamieren, den müßte sie in nicht geringe Verlegenheit setzen. Weniger denn je ist heute der Poesie ihr Paß abzuverlangen; sie ist keine Angelegenheit der Fremdenpolizei. Solche biographischen Einzelheiten verdienen es, erwähnt zu werden, weil sie übers Äußerliche hinausweisen und als Beleg dafür dienen können, wie wenig mit der Vorstellung für sich stehender Nationalliteraturen im Angesicht der modernen Poesie auszurichten ist.

7. *Zweifel und Hypothese*

Wovon ist die Rede? Moderne Poesie – wir nehmen das Wort in den Mund, aber nehmen wir es ernst? Sachen durch Namen zu ersetzen und mit diesen Namen zu hantieren, obenhin, aus Bequemlichkeit – das ist eine alte Anfechtung der Literaturwissenschaft. »Die Renaissance« – weiß jemand genau, was das ist oder war? Und wer wäre »dem Barockmenschen« begegnet? Peinliche Fragen; Ernst Robert Curtius hat auf ihnen am vernehmlichsten insistiert [3]. »Moderne Poesie« – sollte sie am Ende bloß eine terminologische Attrappe sein? Oder, anders gewendet, was verbürgt die Einheit des Phänomens, außer ein paar Jahreszahlen?
Nicht zum ersten Mal überschreitet in unseren Tagen die Poesie Länder- und Sprachgrenzen; ja man könnte mit einem gewissen Recht sagen: die Idee der Weltliteratur sei älter als die der Nationalliteratur; schon die griechische und lateinische Dichtung galt keineswegs nur in ihren Mutterländern, sondern in der ganzen »zivilisierten Welt«, *urbi et orbi.* Um so mehr gilt das für die mittellateinische Dichtung, ja für die lyrische und

3 *Europäische Literatur und lateinisches Mittelalter,* I. Kapitel. Bern 1948.

epische Produktion des Mittelalters insgesamt, und nicht weniger für die »barocke« oder »manieristische« Poesie des siebzehnten Jahrhunderts; dem allem gegenüber ist die Vorstellung einer autark gedachten nationalen Literatur, wie der Begriff der Nation überhaupt, rezent. Was aber allen früheren Zeiten als *orbis* galt, war immer nur ihr beschränkter Gesichtskreis: die Welt, das war die Spanne zwischen Milet und Marsilia, später zwischen London und Neapel: dahinter lebten die Wilden. So war noch Goethes Postulat einer Weltliteratur eine europäische Angelegenheit, idealisch und beschränkt zugleich, weit entfernt von planetarischer Realität. Erst dem zwanzigsten Jahrhundert ward Welt zum Präfix aller Leiden und aller produktiven Möglichkeit: Welt-Krieg, Welt-Wirtschaft, Welt-Literatur, diesmal im Ernst, im tödlichen Ernst, und zur Bedingung des Überlebens. Der historische Prozeß ist damit in eine radikal neue Phase eingetreten, eine Phase, von der wir kaum mehr als ihren Anfang zu übersehen vermögen, aber auch, daß sie keinen beruhigenden Vergleich mit dem Vorangegangenen mehr erlaubt. Lebensgefährlich die konservative Selbsttäuschung, als wäre doch alles schon dagewesen, siehe Rom oder Weimar, nicht nur für die Politik: auch die kritische und die wissenschaftliche Beschäftigung mit der Literatur kann sich, bei Strafe der Verbindlichkeit ihrer Auskünfte, nicht mehr mit ihren alten Maßen bescheiden. *Historia fecit saltus* – den Sprung der Geschichte in die Weltgeschichte muß sie zur Kenntnis nehmen.

Nicht nur ihr eigener Ursprung in vielen Ländern, nicht nur die Erweiterung des Gesichtskreises auf die ganze Erde macht die Einheit der modernen Poesie aus, auch nicht allein die Annäherung der gesellschaftlichen Bedingungen, die sie, mit fortschreitender Entwicklung, allerorten antrifft (von ihnen wird noch die Rede sein) – in den Werken selbst bildet sich ein gemeinsames Bewußtsein ab. Sie fordern, zunehmend, Vergleich über Vergleich heraus, sie antworten eines aufs andere, oft ohne voneinander zu wissen, sie gehen wie Pollen ins Unbekannte, über alle Erdteile hinweg, und pflanzen sich im

Entferntesten fort. Dieses Gespräch, dieser Wechsel von Stimmen und Echos, rückt immer mehr ins Sichtbare, und man braucht nur Metaphern, Tonfälle, Techniken, Motive aus einem Dutzend Sprachen nebeneinanderzulegen, um seiner inne zu werden. Mit andern Worten: der Prozeß der modernen Poesie führt zur Entstehung einer dichterischen Weltsprache. Das ist, vorläufig, eine Hypothese, die durch hunderte von Texten zu belegen wäre. Sie kann theoretisch wahrscheinlich gemacht, aber nicht bewiesen werden. Dagegen ist es möglich, sie mit ein paar Worten vor Mißverständnissen zu schützen, die ihre Brauchbarkeit vernichten könnten.

8. Provinz, Universalität

Wo immer man sich heute aufhält, ist, als Klage oder Selbstvorwurf, das Wort von der Provinz zu hören. Nie war die Angst davor, provinziell zu sein, verbreiteter als heute. Nun, sie ist unbegründet; denn sie setzt die Existenz eines zentralen Platzes voraus, auf den sich zu einigen leicht fiele, ja dessen Rolle als Schiedsgericht in allen geistigen Fragen unbestritten wäre. Diese Rolle ist bisher zwei oder drei europäischen Metropolen zugekommen. Sie ist ausgespielt, wenigstens aber auf die von Umschlagplätzen reduziert. Von Provinz zu sprechen und Hinterland zu meinen, mag im Deutschland der zwanziger Jahre, angesichts Berliner Glanzes, angegangen sein; heute hat nicht einmal mehr London, nicht einmal Paris das letzte Wort zu sprechen, wenn es um kritisches Urteil geht. Der alte Sprachgebrauch: hie Kapitale, dort Provinz, war sinnvoll in bezug aufs eigene Land, in der Epoche des Nationalismus, in bezug auf andere Gegenden der Welt war er eine Sublimierung imperialistischer Gedankengänge. Mit unserer historischen Situation, in der selbst die mächtigen Ballungskräfte der politischen Ideologien nicht mehr ausreichen, um ein neues Rom zu kanonisieren, und in der kein »Block« mehr seiner monolithischen Struktur sicher sein darf, ist die Scheidung von Provinz und Kapitale nicht mehr zu vereinbaren, und die Rede von Provinzialismus nimmt einen neuen Sinn an. Provinz ist überall, weil das Zentrum der Welt nirgends mehr zu finden ist, oder umgekehrt: weil ihr *omphalos* prinzipiell überall angenommen werden kann. Darin ist die Literatur der Politik vorangegangen: die literarische Hauptstadt der Welt kann ebensogut Dublin wie Alexandria heißen. Sie liegt in Svendborg oder in Meudon, in Rutherford oder Meran. Eine Insel vor der pazifischen Küste Südamerikas, eine Datscha in den russischen Wäldern, ein Blockhaus an einem kanadischen See: sie liegen nicht weniger zentral als die unscheinbaren Wohnungen in London, Paris oder Lissabon, auf die sich Autoren wie Eliot, Beckett oder Pessoa zurückgezogen haben. Mit dem Hochmut der Kapitalen verschwindet der pejorative Sinn des Wortes Provinz. Sein Gegenbegriff ist nicht mehr Paris, sondern Universalität, als Kehrseite und Ergänzung. Das Besondere, die Würde des Provinziellen, wird aus seiner reaktionären Verklemmung, aus der bornierten Bodenständigkeit des Heimatmuseums erlöst und tritt in seine Rechte ein. Es verschwindet nicht im Allgemeinen der poetischen Weltsprache, sondern es macht deren Vitalität erst aus. So lebt die Schriftsprache aus dem gesprochenen Wort des Dialekts. Denn die *lingua franca* der modernen Poesie ist nicht als leeres Einerlei, als ein lyrisches Esperanto zu denken. Sie redet in vielen Zungen. Nicht Standardisierung oder kleinster gemeinsamer Nenner ist ihr Sinn, im Gegenteil. Sie befreit die Poesie von der Beschränktheit aller Nationalliteratur, aber nicht, um sie aus dem Boden der Provinz zu reißen oder Luftwurzeln im Abstrakten zu schlagen. Durch die alten Sprachen geht sie quer hindurch. In einem ähnlichen Sinn gilt ihr Begriff wie der biblischer oder technischer Sprache. Von dieser unterscheidet sie, daß sie mehr ist als ein Vehikel des Gebrauchs; daß sie den Sprachen der Völker nicht allein ihr Dasein verdankt, sondern ihnen frische Kraft zubringt. Sie leitet sich nicht, wie die biblische Sprache, aus einer, sondern aus vielen Quellen ab und legt keine Lehre aus, es wäre denn die, daß kein Volk mehr sein Geschick von dem der andern trennen kann.

9. *Einschränkung*

Was damit gesagt ist, gilt nicht überall ohne Einschränkung; noch nicht. An dem Gespräch der modernen Poesie nehmen große Teile der Welt bis heute nicht teil. Doch wäre schlecht beraten, wer daraus schlösse, Weltliteratur, Weltpoesie wäre nichts als ein utopischer Wunschtraum oder wie eh und je ein europäisches Phänomen. Gewiß ist, daß an ihrer Wechselrede vor allem die asiatischen und afrikanischen Länder zu wenig teilhaben. Doch ist beweisbar und bewiesen, daß sie keine Sache des Okzidents ist. Eine Sammlung wie *Schwarzer Orpheus* 4 ist dafür Beleg genug: sie zeigt, daß die schwarzen Völker aus eigenem Recht, nicht vermöge kolonialer Nachahmung, poetisch mit uns sprechen und der gemeinsamen Sprache neue Substanz zuzubringen vermögen. Noch augenfälliger ist das Beispiel Japans. Ungeachtet der radikal verschiedenen Tradition, der radikal verschiedenen Denk- und Sprachstruktur dieses Landes ist dort in den letzten fünfzig Jahren eine moderne Poesie entstanden, die keinen Vergleich zu scheuen hat und deren Zugehörigkeit zum internationalen Kontext mannigfach demonstriert werden kann 5. Ja noch mehr: die japanische Dichtung steht der unsern, aber auch (beispielsweise) der amerikanischen, italienischen oder skandinavischen näher, ungeachtet ihrer andern Herkunft, als das, was in manchen europäischen Ländern, in Bulgarien oder, bis vor ein paar Jahren, in Finnland geschrieben worden ist.

Das bedarf einer Erklärung. Sie ist in der Ungleichzeitigkeit des Gleichzeitigen zu suchen. Überall auf der Welt wird dieselbe Jahreszahl geschrieben, aber sie steht für ganz verschiedene historische Phasen. Überblickt man die zeitliche und räumliche Entfaltung der poetischen Weltsprache, so bemerkt

4 Herausgegeben von Janheinz Jahn. München 1954 und 1964.

5 Vgl., beispielsweise, die kleine, aber vorzügliche Anthologie *The Poetry of Living Japan* von Takamichi Ninomiya und D. J. Enright. London 1957. Ferner, als einzige deutsche Sammlung, *Der schwermütige Ladekran*. St. Gallen 1960.

man leicht, daß sie mit der Entfaltung der gesellschaftlichen Produktivkräfte überhaupt Schritt hält. Die hochentwickelte technische Zivilisation, mit allen Chancen und Fragwürdigkeiten, die ihr innewohnen, ist eine Bedingung ihres Daseins. In reinen Agrarländern, deren Gesellschaft noch von vorindustriellen Normen bestimmt ist, tritt sie erst auf den Plan, wenn diese Normen in Frage gestellt werden: das ist der Grund jener *cultural lags*, der Verspätungen auch in der poetischen Sprache. Das japanische Beispiel drückt diesen Zusammenhang exemplarisch aus; es spricht dafür, daß der Prozeß der modernen Poesie in absehbarer Zukunft auch die weißen Flecken Asiens und Afrikas erreichen wird, die von ihm noch unberührt sind, sobald die gesellschaftlichen Bedingungen dafür erfüllt, die Verspätungen eingeholt sind.

10. Technologie, Antiware

Der enge Zusammenhang zwischen industrieller Produktionsweise und moderner Poesie läßt sich aber noch viel einfacher dartun. In ihren Schriften zur Poetik sprechen ihn die Dichter selber deutlich genug aus. Über hundert Jahre ist es her, daß Edgar Allan Poe in seinem Aufsatz *The Philosophy of Composition* zum ersten Mal den Poeten als Technologen beschrieben hat, dessen »Handwerkszeug aus Triebrädern und Riemen, der Maschinerie des Schnürbodens, auf Aufzügen und Versenkungen, mit einem Wort, aus einem ganzen Arsenal technischer Aushilfen« bestehe[6]. Den Gedankengängen Poes waren weitreichende Wirkungen beschieden: sie hatten einen Sachverhalt entdeckt, der für das Selbstverständnis der modernen Poesie entscheidend geworden ist. Der folgende Satz von Valéry ist auf Baudelaire gemünzt: »In Edgar Poe ist ihm der Dämon der Präzision, das analytische Ingenium . . ., kurzum,

6 Deutsch von Albrecht Fabri, in: Edgar Allan Poe, *Vom Ursprung des Dichterischen.* Köln 1947.

der literarische Ingenieur erschienen.« Auch Mallarmé war von Poes Einsichten tief betroffen. Merkwürdig, wie direkt sich gerade die Esoteriker, die reinen Artisten in ihrer Poetik, auf einen gesellschaftlich bedingten Sachverhalt, die industrielle Revolution, bezogen haben. In dieser Hinsicht unterscheiden sich ihre Äußerungen kaum von denen des rabiat tendenziösen Polit-Poeten Wladimir Majakowski, der in seiner Schrift *Wie macht man Verse* die dichterische Produktion methodisch mit Begriffen aus der industriellen Sphäre analysiert: er unterscheidet poetische Rohmaterialien, Halbzeuge und Fertigfabrikate 7. Genauer als die technischen und wissenschaftlichen Schlagworte, die in der Literaturkritik heimisch und trüb geworden sind (Montage, Wort-Laboratorium, Experiment, Konstellation, Strukturelement), äußert sich so in den Schriften ihrer Begründer der technologische Charakter der modernen Poetik.

Es empfiehlt sich freilich, den Zusammenhang, der zwischen Poesie und technischer Zivilisation waltet, nicht allzu rasch zu verstehen. Er ist nicht eindeutig. Den landläufigen Marxismus, der Überbau sagt und unvermittelt ökonomische Determination meint, straft die moderne Poesie Lügen. Zwar hält sie mit der vorherrschenden Produktionsweise Schritt, so aber, wie man mit einem Feind Schritt hält. Daß das Gedicht keine Ware ist, dieser Satz ist keineswegs eine idealistische Phrase. Von Anfang an war die moderne Poesie darauf aus, es dem Gesetz des Marktes zu entziehen. Das Gedicht ist die Antiware schlechthin: Das war und ist der gesellschaftliche Sinn aller Theorien der *poésie pure*. Mit dieser Forderung verteidigt sie Dichtung überhaupt und behält recht gegen jedes allzu eilfertige Engagement, das sie ideologisch zu Markte tragen möchte. Übrigens leistet der Gegensatz von Elfenbeinturm und Agitprop der Poesie keine guten Dienste. Dieser Wortwechsel gleicht dem Leerlauf zweier weißer Mäuse, die einander in der Tretmühle eines Käfigs jagen. Antiware, die sich

7 Berlin 1949 und Frankfurt am Main 1964.

der Manipulation »pur« widersetzt, sind noch die engagiertesten »Fertigfabrikate« Majakowskis. Ebenso ist der freischwebendste Text von Arp oder Eluard bereits dadurch *poésie engagée*, daß er überhaupt Poesie ist: Widerspruch, nicht Zustimmung zum Bestehenden.

11. Unverständlichkeit, Selbstverständlichkeit

Diesem Widerspruch antwortet von eh und je der Vorwurf, das moderne Gedicht sei »unverständlich«. An ihm ist bemerkenswert, daß er nicht spezifisch, im Hinblick auf den einen oder anderen Text, sondern stets pauschal erhoben wird. Das legt den Verdacht nahe, daß er nicht in wirklichen Leseerfahrungen, sondern im Ressentiment gründet. Wäre es anders, so müßte es sich herumgesprochen haben, daß Verständlichkeit oder Unverständlichkeit etwas ganz anderes bedeuten, je nachdem, ob von einem Gedicht von Brecht, von Apollinaire oder von Pound die Rede ist. Jeder dieser Autoren stellt seine Leser vor andere Schwierigkeiten. Der Vorwurf, sie seien allesamt unverständlich, meint etwas ganz anderes. Er spricht aus und kaschiert zugleich die Tatsache, daß Poesie, wie Kultur überhaupt, in der bisherigen Geschichte immer nur Sache der wenigen, der *happy few*, gewesen ist.

Der Vorwurf, sie seien unverständlich, macht die Poeten zu Sündenböcken für die Entfremdung, so als läge es nur an ihnen, sie über Nacht zu beheben. Zwar verfügen wir heute über die technischen Mittel, Kultur allgemein zugänglich zu machen. Die Industrie, die sie handhabt, reproduziert jedoch zugleich die gesellschaftlichen Widersprüche, die das verhindern; ja sie verschärft sie, indem sie der materiellen Ausbeutung die geistige verbindet. Sauber zentrifugiert sie die produktiven Kräfte, dergestalt, daß sich die Poesie vor die Wahl gestellt sieht, entweder auf sich selbst oder auf ihr Publikum zu verzichten. Das Ergebnis ist auf der einen Seite eine immer höher gezüchtete Poetik für ein nach Null konvergierendes Publikum, auf der anderen Seite, präzise davon abgetrennt, die ständig primitiver werdende Massenversorgung mit Poesie-Ersatz, sei es in den kommerziellen Formen des Bestsellers, des Digest, des Films und des Fernsehens, sei es mit den staatlich geförderten Surrogaten der politischen Propaganda.

So banal er sich anhört, so nützlich und unterhaltsam ist es, über den Vorwurf der Unverständlichkeit, der gegen die moderne Poesie erhoben wird, noch eine Weile nachzudenken. Er enthält ein wahres Moment insofern, als er an die Dunkelheit aller Gedichte erinnert. Auch Pindar und Goethe sind dunkel, nur ist diese »Unverständlichkeit« vergessen, verdrängt, unschädlich gemacht worden. Die Klassiker sind *au fond* nicht weniger unerträglich als die Autoren der Moderne. Widerspruch ist auch ihre Poesie. Aber diese Unerträglichkeit darf nicht zugegeben werden. Sie zu tarnen, zu entschärfen, dem Bestehenden kommensurabel zu machen, ist eine Aufgabe, für die sich die Gesellschaft eigene Institutionen geschaffen hat. Deren Mühlen freilich mahlen langsam. Die moderne Poesie ist noch nicht durch sie gegangen; daher die Feindseligkeit, mit der ihr immer noch begegnet wird. Was sie unverständlich schimpft, ist letzten Endes das Selbstverständliche, von dem alle großen Werke sprechen und das vergessen sein, vergessen bleiben soll, weil es von der Gesellschaft nicht geduldet, nicht eingelöst wird.

Diese Erinnerung an das Selbstverständliche, an das, was uns vorenthalten bleibt, sie ist es, die der modernen Poesie Schimpf und Verfolgung eingetragen hat, wo immer die unverhüllte Gewalt in der Geschichte erschienen ist. Was die Diktatur gegen sie aufbietet, beweist, welche Kräfte von ihr ausgehen. So gering, statistisch betrachtet, ihre Ausbreitung ist, so unabsehbar ist ihre Wirkung. Poesie ist ein Spurenelement. Ihr bloßes Vorhandensein stellt das Vorhandene in Frage. Deshalb kann die Gewalt sich mit ihr nicht abfinden. Allen totalitären Régimes ist sie unerträglich. Endlos ist die Liste der verbotenen und verbrannten Bücher; die moderne Poesie nimmt einen Ehrenplatz auf ihr ein. Die Lebensläufe vieler unter ihren besten Autoren sind vom faschistischen und stalinistischen Terror gezeichnet: kaum abzusehen ist die Reihe der Verbannten und Ermordeten. Gestorben im Exil, gefallen im Bürgerkrieg, zum Selbstmord getrieben, im Lager umgekommen, im Zuchthaus zugrundegegangen, gefoltert und erschossen, in Deutschland, in Spanien, in Rußland: so endeten viele Dichter in unserm Jahrhundert. Sie zeugen davon, daß die moderne Poesie ohne Freiheit nicht möglich ist, daß sie selber ein Stück Freiheit verwirklicht oder untergeht.

12. Formalismus

Seltsamer Widerspruch! Auf der einen Seite von fürchterlichen Verfolgungen heimgesucht, unterdrückt, stets von Gewalt bedroht, hat diese Dichtung als einen Hauptsatz ihrer Poetik von Anbeginn verkündet: »Schließe das Wirkliche aus, es ist gemein« (Mallarmé). »Der Dichter hat keinen Gegenstand« (Reverdy). »Es gibt keinen anderen Gegenstand für die Lyrik als den Lyriker selbst« (Benn). Unermüdlich variieren die Theoretiker der modernen Poesie die Behauptung, sie habe von nichts zu sprechen, reine Form zu sein. Ihr historisches Recht hat diese These von der Leere des modernen Gedichts am Widerspruch gegen die lyrische Stoffhuberei, gegen die bornierte Frage, was »der Dichter uns zu sagen habe« – gegen Attitüden, die im neunzehnten Jahrhundert gang und gäbe waren, und die heute noch zwischen Leipzig und Peking an der Tagesordnung sind. Nach wie vor wird dort das Eingängige, Unkritisch-Stimmige, das Positive und Volksverbundene verlangt – Forderungen, die uns nur allzu bekannt vorkommen: sie erschallen überall, wo über die Kunst überhaupt der Ausnahmezustand verhängt werden soll. Darauf können sich Gralshüter des Abendlandes, Mitglieder der Reichsschrifttumskammer und kommunistische Kulturfunktionäre ohne sonderliche Mühe einigen. Was sie allesamt Formalismus nennen, gilt ihnen als Verbrechen, weil es ausdrückt, was doch camoufliert werden soll, Unfreiheit und Entfremdung. Dies alles aber kann kein Grund für uns sein, eine falsche Alternative ernstzunehmen, die uns die Feinde der Poesie diktieren möchten. Der Zwist zwischen Form und Inhalt beruht, wie der zwischen *poésie pure* und *poésie engagée*, auf einem Scheinproblem. Wer sich darauf einläßt, wird seine Gründe haben. Die Fürsprecher der Reaktion möchten den Formalismus am liebsten ins Zuchthaus bringen, die der schlechten Avantgarde versteifen sich auf ihn als auf eine Ideologie, mit deren Hilfe sie kaschieren möchten, daß sie nichts zu sagen haben [8]. Da kann es nicht schaden, an eine Wahrheit zu erinnern, die in Vergessenheit gerät, weil sie einfach ist und keinen Zweifel leidet: auch die moderne, wie jede Poesie, spricht von *etwas*, spricht aus, was uns betrifft.

13. Zukunft der modernen Poesie

Seit dem Ende des Zweiten Weltkrieges zeigt die Sprache der modernen Poesie in manchen Ländern, dort vor allem, wo sie am frühesten entwickelt war, Spuren der Erschöpfung. So wenig wie irgendein anderes historisches Phänomen ist sie davor gefeit, zu altern. Faschismus und Krieg, der Zerfall der Welt in feindselige Blöcke, die Zermürbung der Alternativen, die Rüstung zum Untergang: dies alles hat auch das Einverständnis der Dichter tief erschüttert. Auschwitz und Hiroshima haben auch für die Poesie Epoche gemacht. Nur wer sie als Alibi vor der Geschichte versteht, wird sich einbilden, die großen historischen Brüche vermöchten dem Vers nichts anzuhaben. Innerlichkeit ist unbelehrbar, die kennt keine Epochen. Dagegen setzt sich die moderne Poesie der geschichtlichen Erfahrung aufs extremste aus; sie kann nicht anders.

8 Teilweise analoge Fragen tauchen in der Malerei auf. Siehe darüber Hans Platscheks *Versuche zur modernen Malerei, Bilder als Fragezeichen*. München 1962.

Das Bewußtsein, das sie zusammenhält, ist selbst historisch und kann dem Gesetz der zunehmenden Reflexion nicht entgehen.

Von ihren großen Meistern sind viele tot. Andere, jüngere begnügen sich mit bloßer Fortsetzung, als gäbe es zu ihr keine Differenz, als wäre sie Zustand, nicht Prozeß, als ließe sie sich zum konventionellen Spiel machen. Dagegen haben die bedeutenderen Geister längst begonnen, auf sie zu reflektieren. Poesie heute setzt nicht nur Kenntnis, sondern auch Kritik der modernen Poesie voraus, ja Produktion und Kritik sind nicht mehr voneinander zu trennen.

Mit solchen Erinnerungen, Warnungen wird nichts preisgegeben. Verächtlich, nicht gescheit ist die Position derer, die der Moderne ihre Vergangenheit als Hypothek aufbürden möchten, als sei alles Große schon getan und nur noch Nachahmung, Ausbeutung, Imitation oder Kapitulation möglich. Alles ist bereits getan: Das ist die Maxime der Feigheit und der Impotenz. Die Poesie ist immer unvollendet, ein Torso, dessen fehlende Glieder in der Zukunft liegen. An Aufgaben und Möglichkeiten fehlt es ihr so wenig wie an Tradition; ob ihre Kräfte hinreichen, um diese Herausforderungen anzunehmen, darüber entscheidet nicht Kritik. Ihr Amt ist es, die Lage zu bestimmen, nicht Prognosen oder Horoskope zu stellen. Die Zukunft der modernen Poesie liegt in der Hand der Unbekannten, die sie schreiben werden.

William Carlos Williams

Gibt es eine spezifisch amerikanische Poesie? ein dichterisches Idiom, das dem Norden Amerikas eigentümlich und mit dem englischen nicht zu verwechseln wäre? Das war vor vierzig Jahren eine berechtigte, vor zwanzig Jahren eine immerhin entschuldbare Frage. Der Landarzt William Carlos Williams, Sohn eines Engländers und einer Puertoricanerin, ein Achtundsiebzigjähriger, geboren und gestorben in der Kleinstadt Rutherford, New Jersey, Ridge Road Nummer neun, hat diese Frage für alle Zukunft entschieden: er ist der Doyen und Erzvater einer Poesie, die sich von der europäischen Abhängigkeit gelöst und über den ganzen Kontinent, von New York bis San Francisco, ausgebreitet hat.

Der Wunsch der Neuen Welt, ihrer eigenen Sprache habhaft und mündig zu werden im Gedicht, das Streben danach, poetisch zu sich selbst zu kommen, ist der amerikanischen Literatur freilich seit ihren Anfängen abzulesen. Doch haben die lyrischen Muster Europas, die importierten Tonfälle und Attitüden, mehr als ein Jahrhundert lang die Oberhand behalten. Der bürgerliche Begriff der Kultur selber, eingeschleppt und mühselig fortgepflanzt, war und blieb dem amerikanischen Geist fremd. Soweit sie ihm erlag, zog die literarische Intelligenz des Landes sich vor der Gesellschaft zurück, in der sie lebte. Epigonentum und Minderwertigkeitsgefühle waren die Folge. Die höflichen, die bemühten, die gebildeten College-Dichter, die zahl- und harmlosen Formtalente aus guter Familie, die nach zwei, drei Europareisen in ihren neu-englischen Eremitagen, fern von der Wildnis Chicagos, ihre Variationen auf europäische Themen niederschrieben, vergeudeten ihre Kraft, und es kräht kein Hahn nach ihnen. Aber auch die bedeutenden Geister, ja gerade sie, waren hypnotisiert von der literarischen Tradition; sie bezahlten ihre literarischen

Revolutionen mit dem Verlust ihrer amerikanischen Identität. So T. S. Eliot, der mit sechsundzwanzig Jahren sich in England niederließ und der sich später mit der äußersten Folgerichtigkeit von allem, was amerikanisch ist, abgewandt hat: heute bekennt er sich zur Monarchie, zur anglikanischen Kirche und zu einer klassizistischen Ästhetik. Ezra Pound hat Amerika mit dreiundzwanzig Jahren verlassen und ist erst nach dem Zweiten Weltkrieg (nicht aus freien Stücken) in seine Heimat zurückgekehrt; er lebt heute wieder in Italien. Das sind keine biographischen Zufälligkeiten. Bezaubert von einem Begriff der Literatur, wie er europäischer nicht gedacht werden könnte, zu anspruchsvoll, um sich wie hundert geringere Köpfe mit Trostpreisen und Kompromissen zufrieden zu geben, bezahlten beide, Eliot wie Pound, ihre Zitate aus Catull und Dante mit dem Exil.

Andere amerikanische Dichter verschrieben sich dagegen aufs entschiedenste dem Land ihrer Geburt, verwarfen polemisch oder stillschweigend den Begriff der Kultur, wie er in Paris, London und Berlin galt, und machten sich gewissenhaft daran, »Amerika zu besingen«. Aber ihr ideologisches und thematisches Engagement, so willkommen es dem Selbstgefühl der Nation sein mochte, war außerstande, eine poetische Sprache *sui generis* zu erschaffen. Amerikanische Landschaft und Geschichte als bloßes Motiv, als Folklore und Deklamation, *mystique* und Selbstbestätigung: das war das Rezept der sogenannten Regionalisten, der Vachel Lindsay, Edgar Lee Masters und Carl Sandburg; allesamt abhängig von dem gewaltsamsten und monumentalsten Versuch einer poetischen Landnahme Amerikas, dem Werk Walt Whitmans. Sentimentalisch bis an den Rand der Hysterie, getragen von einer verzweifelten Rhetorik, ist dieses Werk bis tief in unser Jahrhundert die große Ausnahme, das große Beispiel einer unverwechselbar amerikanischen Poesie geblieben.

Auch Williams hat die *Grashalme* gelesen, als Student. Er studierte von 1902 bis 1906 an der Universität Pennsylvania Medizin. Dort lernte er Hilda Doolittle, die später unter dem

Kryptonym H. D. literarischen Ruhm erlangt hat, Marianne Moore und Ezra Pound kennen, mit dem er sich anfreundete: »Schon damals pflegte Ezra mir vorzuhalten, ich sei ungebildet und unbelesen. Er tut es heute noch.« Pound irrt; Williams ist zeit seines Lebens ein starker, wenn auch wahlloser und unsystematischer Leser gewesen. Seine Kenntnis der literarischen Tradition reicht von den Provençalen bis zu den klassischen Anthologien der Chinesen; doch sieht man sie seinem Werk nicht an. Im Gegensatz zu Pound hat er seine Lektüre nie affichiert. Er zitiert eher eine alte Negerin oder einen Landarbeiter als Konfuzius oder Cavalcanti. Er beruft sich auf kein Vorbild und keinen Meister. Der Gebrauch, den er von der Tradition macht, entzieht sich dem wohlfeilen Convenu, das nach »Einflüssen« zu schnuppern liebt. Er greift sie nicht auf, um sie fortzusetzen; er braucht sie, um von ihr abzuspringen. Williams ist der seltenen Species der Erfinder zuzurechnen, jenen Autoren, die einen Anfang setzen und Überlieferungen, statt sie aufzunehmen, stiften.

Nur ein außergewöhnlicher Charakter ist dazu imstande. Kein »Kulturleben«, und wäre es das gepflegteste, am allerwenigstens aber das der Vereinigten Staaten, bringt eine neue Sprache hervor. Auch Talent ist nicht genug. Williams' Leistung setzt einen durchaus unabhängigen Geist voraus. Die Autobiographie, die er als Siebzigjähriger veröffentlicht hat, zeigt einen solchen Geist, ein *rarissimum* in der Geschichte der Literatur, am Werk [1]. Das macht ihre Bedeutung aus; es macht sie gleichzeitig unbrauchbar für jene banale Betriebsspionage, welche das Gedicht aus den Lebensumständen seines Verfassers erklären möchte.

Williams hat sich zeitlebens geweigert, die Rolle des literarischen Pontifex zu spielen. »Die Pose des Dichters, jene aufs Publikum berechnete Attitüde: ich habe nie nach ihr verlangt –

1 *The Autobiography of William Carlos Williams.* New York 1951. Alle Prosazitate stammen, soweit nicht anders vermerkt, aus diesem Werk. Sie sind vom Verfasser dieses Aufsatzes verdeutscht. Die *Gedichte* sind nach der deutschen Ausgabe zitiert (Bibliothek Suhrkamp. Frankfurt 1962).

und sie war es, was ich an Pound durchaus nicht ausstehen konnte. Ich hielt das einfach für einen alten Hut . . . Mein Training wies mich eher auf die Unauffälligkeit und Umsicht wissenschaftlichen Arbeitens hin. Was wir zu tun hatten, war einfach unser Bestes, und abgesehen davon, was wir zustandebringen mochten (das war eine Sache für sich), schien es mir das beste, ein gewöhnliches Leben zu führen, jeder so gut er konnte . . . Das war freilich nicht nach dem Geschmack des lieben Ezra.«

Kein Wunder, daß die offiziellen Hüter der Literatur Williams jahrzehntelang ignorierten. Sie haben es ihm bis heute nicht verziehen, daß er sich nicht um ihr Urteil scherte, ihnen mit keiner Geste entgegenkam und um seinen künftigen Platz in den Literaturgeschichten nicht im mindesten besorgt schien. »Es handelt sich darum, fortwährend das in Frage zu stellen und aufzulösen, was man geleistet hat. Dies ist die einzige Art, saubere Finger zu behalten. Blinde Zustimmung ist durch nichts zu entschuldigen, weder durch Zwang noch durch Überlistung; höchstens durch den physischen Verfall.« Solche Lehren machen unbeliebt. Die Rolle des heroischen Außenseiters hat Williams übrigens ebenso beharrlich abgelehnt wie die des poetischen Fraktionsvorsitzenden. Ohne Verbitterung berichtet er vom Schicksal seines erstes Buches, das heute zu den größten Seltenheiten gehört: Es erschien im Selbstverlag; vier Exemplare wurden verkauft; der Rest verbrannte zusammen mit dem Hühnerstall, in dem er zehn Jahre lang liegengeblieben war[2].

Im Jahre 1921 erschien, als fünfte Publikation, der Gedichtband *Sour Grapes (Saure Trauben)*[3]. Über die Aufnahme, die er fand, berichtet Williams das folgende:

»Der Titel brachte mir die Psychoanalytiker auf den Hals. Saure Trauben, wissen Sie, was das bedeutet? fragten sie. Nein. Was denn?

2 *Poems.* Rutherford 1909.

3 Boston 1921.

Es bedeutet, daß Sie frustriert sind, verbittert und enttäuscht ... Sie haben Hemmungen ... Die jungen Franzosen, die sind da ganz anders, sie legen einfach los ... Aber Sie, Sie haben ja Angst. Sie sind ein typischer Amerikaner. Sie leben in Ihrer kleinen Vorstadt, und dort gefällt es Ihnen auch noch! Was sind Sie überhaupt für eine Figur? Sie wollen ein Dichter sein? Ein Dichter! Ha, ha, ha, ha! Ein Dichter! Sie! Saure Trauben, das ist alles, mehr ist da nicht drin.

Dabei hatte ich mit meinem Titel nichts anderes sagen wollen, als daß saure Trauben ganz genau so ausschauen wie süße: Ha, ha, ha, ha!«

Bis auf wenige Ausnahmen hat die amerikanische Kritik vor Williams versagt: aus Ratlosigkeit, aus Hochmut und aus Ressentiment vor einem Autor, dem sie gleichgültig war. Bezeichnend ist das Urteil Eliots, der noch zu Anfang der zwanziger Jahre erklärte: »Williams ist ein Dichter, dem man eine gewisse lokale Bedeutung möglicherweise zubilligen kann« 4. Nicht ernster nahm ihn Gertrude Stein. Williams besuchte sie in Paris; das muß 1924 gewesen sein. Sie zeigte ihm die Manuskripte, die sich in ihrer Wohnung häuften. »Sie fragte mich, was ich an ihrer Stelle mit all diesen unveröffentlichten Büchern anfinge ... Wenn ich so viel geschrieben hätte, sagte ich, würde ich aussuchen, was ich für das Beste hielte, und das übrige in den Ofen werfen ... Meine Bemerkung rief augenblicklich ein entsetztes Schweigen hervor. Miß Stein brach es mit den Worten: Ich verstehe. Freilich ist es nicht Ihr *métier*, zu schreiben.«

Offenbar schien es der professionellen Avantgarde unbegreiflich, daß Williams vergnügt und erfolgreich dem Beruf eines praktischen Arztes nachging; noch dazu in einem amerikanischen Provinznest (und nicht in Berlin oder Paris, wie Benn, Döblin oder Céline). »Ein derart zurückgezogenes Dasein hat einen großen Vorzug«, bemerkt Williams. »Man behält einen

4 Zitiert nach Vivienne Kochs Monographie *William Carlos Williams*. New York 1950.

halbwegs klaren Kopf und kann nachdenken. Meine Art, nachzudenken, ist in erster Linie mein Gekritzel. Es ist immer meine Lieblingsbeschäftigung gewesen, zu kritzeln . . . Fünf Minuten lassen sich stets erübrigen. Die Schreibmaschine stand im Schreibtisch meiner Praxis bereit. Ich brauchte nur die Platte herauszuziehen, auf der sie befestigt war, und schon konnte ich mich an die Arbeit machen. Ich schrieb, so schnell ich nur konnte. Mitten im Satz kam oft ein Patient zur Tür herein, und mit einem Ruck war die Maschine verschwunden: ich war Arzt. Kaum war der Patient gegangen, ein Handgriff: und ich konnte weiterschreiben . . . Immer werde ich gefragt, wie ich es anstelle, mit zwei Berufen auf einmal fertig zu werden. Die Leute begreifen nicht, daß der eine die Ergänzung des andern ist, daß diese beiden Beschäftigungen nur zwei Ansichten ein und derselben Sache, nämlich des Ganzen sind.«

Williams, von jeher ein pragmatischer Kopf, hat es nie verstanden, seine Einsichten zu einer Poetik zu verfestigen. Jede ideologische Fixierung ist ihm zutiefst zuwider. Seine theoretischen Äußerungen sind oft widersprüchlich, zuweilen hilflos; dennoch lassen sich einige Sätze anführen, in denen seine Auffassung von der Poesie mustergültig scharf und deutlich wird: »Ein Gedicht ist eine kleine (oder große) Maschine, hergestellt aus Worten. Nichts an einem Gedicht ist sentimentaler Natur; damit will ich sagen: es darf sowenig wie irgendeine andere Maschine überflüssige Teile enthalten. Seine Bewegung ist eine Erscheinung eher physikalischer als literarischer Art.« Williams beruft sich gelegentlich auf die »Wissenschaftlichkeit« seiner Methode; der Zusammenhang mit seiner medizinischen Ausbildung ist unverkennbar. Zu seinen literarischen Vorbildern rechnet er den französischen Entomologen Henri Fabre. Daß es Williams eigentlich nicht um ein naturwissenschaftliches, sondern eher um ein phänomenologisches Verfahren zu tun ist, zeigt seine Reaktion auf die folgende Hemingway-Episode, die er in seiner Autobiographie notiert: »Bob (ein Pariser Bekannter) erzählte mir, daß er mit Hemingway in

Spanien gewesen sei. Ihr Zug hatte an einem kleinen Bahnhof Halt gemacht, und die Reisenden waren ausgestiegen, um etwas frische Luft zu schnappen. Neben den Bahngeleisen lag ein toter Hund. Der Bauch war aufgeschwollen und schillerte in allen Regenbogenfarben der Verwesung. Bob wollte dem Gestank so rasch wie möglich entrinnen, aber Hemingway blieb stehen, zog sein Notizbuch hervor und fing an, eine detaillierte Beschreibung des Kadavers in seiner ganzen Pracht aufzunehmen. Bob hatte sich angewidert abgewandt. – Ich finde, Hemingway hat ganz und gar recht, sagte ich.«

In der Vorrede zu seinem Gedichtband *Kora in Hell* erhebt Williams die genaue Beobachtung des Augenfälligen und seine Verwandlung in einen Text, der es vorstellbar macht, zum Kriterium schriftstellerischer Qualität schlechthin 5. Das führt zu einer eigentümlichen Poesie des Allernächsten, dessen, was die Wirklichkeit uns »unter die Nase« hält. »Mein Grundstück, dieser Hinterhof, ist für mich und mein Schreiben immer von der größten Bedeutung gewesen.« Nicht ganz zu Unrecht hatten die Weltstädter Eliot und Stein den Landarzt Williams im Verdacht provinzieller Neigungen; doch kann Provinzialismus, recht verstanden, eine schriftstellerische Tugend sein. In Williams' Fall bestand kein Anlaß zu herablassenden Gesten: seine »Zone« war nicht weniger ergiebig als das Paris Apollinaires. Sie hieß Rutherford und war durch und durch amerikanischen Wesens: ihre Veränderungen im Laufe des Jahrhunderts spiegeln die Geschichte eines Kontinents.

»Wenn ich heute durch Rutherford gehe, durch die Main Street mit ihren neonbeleuchteten Drug-Stores und ihren Maklerbüros, eins am andern, so fällt es mir schwer, mir das Dorf vorzustellen, in dem ich aufgewachsen bin. Damals gab es keine Kanalisation, keine Wasserleitung, nicht einmal Gas, und schon gar keine Elektrizität, weder Telefon noch Trambahn. Der Gehsteig bestand aus hölzernen Planken, auf Balken genagelt; Wespen hatten ihre Nester unter den Brettern

5 Boston 1917.

und schwärmten zwischen den Ritzen aus, wenn wir darüberschritten. Sie stachen wie verrückt. Fast alle Straßen waren ungepflastert; die ersten Asphaltdecken waren eine Sensation. Wir hatten Senkgruben im Hinterhof und Scheunen wie die Bauern – all dies zehn Meilen weit vom Herzen New Yorks! Wir tranken Regenwasser, das durch die Dachrinnen in eine Zisterne lief; in der Küche stand eine Handpumpe, mit deren Hilfe wir es auf den Dachboden schafften, in einen verzinnten Wassertank. Wenn er leer war, bekamen wir Brüder für eine Stunde Pumpen einen Zehner.

Das ganze Haus war mit Petroleumlampen erleuchtet – so alt bin ich schon! Sie hingen in gußeisernen Haltern in den Schlafzimmern, und über dem Eßtisch hatten wir ein besonders schönes Exemplar aus Glas und Porzellan, das auf Ketten lief: man holte es herunter, um es zu füllen, zu putzen und anzuzünden.«

Als Williams zu schreiben anfing, war es mit dieser Idylle vorbei. Heute ist die Umgebung von Rutherford ein Zwischenreich, angefressen und verwüstet von den Spuren der technischen Zivilisation, Niemandszone zwischen Stadt und Land, Revier der Autofriedhöfe, der Wellblechbaracken, der Lokomotivschuppen und der Öltanks, ein Stück der höllischen Industrielandschaft des nördlichen New Jersey:

Ein durchbrochener Saum von Fassaden aus Holz
und Ziegeln, so verflüchtigt dort oben
die Stadt sich, jenseits des Wasserturms
auf seinen Stelzen, ein vereinzeltes Haus
oder zwei hie und da, im kahlen Gefild.

Der Himmel ist unermeßlich
weit. Kein Mensch in der Nähe, und schlecht
numerierte Häuser . . .
                                        Grobes Pflaster
und vergessene Trambahnschienen, von
plötzlichen Querstraßen überrumpelt.

Am Hang
in den Schrebergärten (Durchgang verboten)
kahle Obstbäume und unter verworrnen Ranken
von wildem Wein, nie gestutzt, niedrige Hütten
wehrlos im flutenden Licht.
Drahtseile
zwischen Stangen, über *einem* blau
und weiß ein Tischtuch, leicht gebauscht.

In den Fenstern Federbetten. Feigenbäume,
umwunden mit Sackleinwand und altem Linoleum.
Fässer überm Gesträuch . . .

Der Geist des Ortes steigt auf aus dieser Asche,
spricht insgeheim seinen dunkeln Kehrreim:

Hier ist meine Wohnstatt, hier lebe ich.
Hier bin ich geboren, dies ist mein Amt.

So steht es in dem Gedicht *Der Morgen*. Immer wieder taucht diese Landschaft in Williams' Gedichten auf. Er akzeptiert sie, er versteht sie, er macht sie sich zu eigen, gerade dort, wo sie schäbig und verwahrlost ist.

Wallace Stevens, dessen eigene Gedichte Williams viel verdanken, hat an dessen Werk das »Anti-poetische« hervorgehoben und gerühmt[6]. Daran ist etwas Wahres; doch gründet die Kraft, aus Schutt und Asche Poesie zu machen, nicht in einem programmatischen Vorurteil, oder gar in einem moralischen *parti pris*. Williams legt es keineswegs darauf an, einem – übrigens recht wohlfeilen – Begriff des Poetischen mit dessen bloßer Negation zu begegnen. Der Abfall ist zunächst weiter nichts als eine empirische Tatsache, und der Dichter begegnet ihm mit jenem unbefangenen, jenem »ersten Blick«, der ihm

6 In seinem Vorwort zu einer frühen Ausgabe der Gedichte von W. C. W., *Collected Poems 1921–1931*, New York 1934.

eigen ist. Seine Sehschärfe ist erstaunlich. Er zieht in jedem Fall der Metapher das Detail vor. Seine Ausschnitte sind stets genau begrenzt. Manches an seiner Technik gemahnt an die Malerei, der er übrigens von jeher große Aufmerksamkeit geschenkt hat. Seine besten Gedichte erinnern zuweilen an ostasiatische Graphiken, besonders in ihrer genauen Ökonomie, der Kunst des Aussparens. Diese Schreibweise hat es nicht auf Deutung, sondern auf Evidenz abgesehen. Sie verzichtet konsequent auf »Tiefen« und gibt stattdessen die Oberfläche der Erscheinungen in höchster Prägnanz; daher ihre Undurchdringlichkeit, jene Qualität, die Pound *opacity* genannt hat. Auf diese Weise erscheint das Unscheinbare köstlich, der Abfall wird exquisit, wie in dem berühmten Gedicht *Der rote Handkarren.*

Die genaue Beobachtung des Zerfalls enthüllt ihren Sinn als eine Suche nach der Vollkommenheit. *Vollkommenheit* heißt auch das folgende Gedicht:

O lieblicher Apfel!
herrlich und völlig
verfault,
kaum versehrte Gestalt –
höchstens am Stiel
ein wenig geschrumpft, doch sonst
bis ins Kleinste
vollkommen! O lieblicher
Apfel! wie satt
und feucht der Mantel aus Braun
auf jenem un-
angetasteten Fleisch! Niemand
hat dich geholt
seit ich dich auf das Geländer setzte
vor einem Monat, damit
du reif werdest.
Niemand. Niemand!

Das ist ein Stilleben, eine *nature morte*. Der französische Ausdruck trifft die Sache. Das Ding-Gedicht hat es sich aus dem Kopf geschlagen, seinen Gegenstand zu beseelen (wie bei Rilke); nicht seine Dauer wird gerühmt; seine wahre Konsistenz, die Vergänglichkeit, zeigt sich im Augenblick des Verfalls. Einzig und allein in diesem Sinn kann er als Metapher verstanden werden, und zwar als implizite Metapher, die nicht für etwas anderes, sondern nur für sich selbst einsteht. *Eine Art Lied* beschreibt die Poetik solcher Dinggedichte; der Text nennt als Emblem seiner eigenen Schreibweise den Steinbrech.

Die meisten Arbeiten Williams' zeigen diesen blitzartigen Zugriff. Sie gleichen poetischen Momentaufnahmen. Die Vielfalt der Erscheinungen schießt darin zu einem Augenblick zusammen. Solche Schnittbilder, in denen die Dimensionen der Zeit eliminiert scheint, hat James Joyce Epiphanien genannt; Williams, der die Ausdrücke der Umgangssprache vorzieht, nennt sie *glimpses*, das heißt: rasche und flüchtige Einblicke, wie aus den Augenwinkeln. Ihre Verwandlung in Poesie setzt nicht nur ein scharfes Auge, sondern auch ein außergewöhnliches Erinnerungsvermögen voraus. Williams verfügt über ein Detail-Gedächtnis, das erstaunlich und zuweilen rührend wirkt. Seine Lebensbeschreibung ist randvoll von Epiphanien. Im Jahre 1909 hat er ein paar Monate lang in Leipzig studiert. Als Siebzigjähriger besinnt er sich auf die Freudenschreie, mit denen damals der Zeppelin begrüßt wurde; auf ein kleines Mädchen, das ihn nach der Zeit fragte (er hatte keine Uhr, aber er war glücklich, mit jemandem zu sprechen); auf die *Götterdämmerung* und auf den Hasenpfeffer; und auf eine alte Frau, die jeden Morgen vor dem Rathaus Gras für ihre Kaninchen sichelte. Sein Andenken ist von unbestechlicher Gerechtigkeit, weil es keine Unterschiede macht; es wendet sich einer Warenhausverkäuferin mit derselben Aufmerksamkeit zu wie einem weltberühmten Schriftsteller und spricht von Majakowski ebenso deutlich wie von einer Katze, die ihn ein paar Jahre lang begleitet hat. Dem Fischhändler, der jeden

Morgen die Ridge Road herunterkam, widmet er ein ganzes Kapitel seiner Autobiographie, so als verstünde sich das von selbst.

Williams hat sich nie für »die Menschheit« interessiert: die Vokabel wäre in seinem Mund nicht vorstellbar. Er kümmert sich lieber um die Leute. Das Porträt spielt in seinem Werk eine große Rolle. Es steht ebenbürtig neben dem Ding-Gedicht. Die Technik des Aussparens verhilft ihm, bei größter Deutlichkeit, zu einer Tugend, die sich unversehens als moralische, nicht nur ästhetische Qualität erweist: einer Delikatesse, die es möglich macht, von allem, selbst dem Intimsten, zu sprechen. Das Bildnis seiner Großmutter auf dem Sterbebett, großherzig und schonungslos zugleich, ist ein vorzügliches Beispiel dieser Porträt-Kunst.

Die Zerstörung ist ein Thema, das sich durch alle Arbeiten Williams' zieht. Wie die Dinge in ihrem Zerfall, so erreichen die Menschen, die er darstellt, ihre höchste Evidenz in der Krankheit, im Alter, im Tod. Zweifellos hängt diese Einsicht mit dem bürgerlichen Beruf des Dichters zusammen; denn der Arzt ist der einzige, der jene Augenblicke der Wahrheit bezeugen kann und in die verborgene Sphäre des physischen Leidens und Verfalls Einblick hat. Das »wüste Land« und die »hohlen Männer« Eliots kehrten wieder – freilich leibhaftiger und weniger summarisch – in vielen Texten von William Carlos Williams. Seine unerbittlichste Zuspitzung erfährt dieses Thema in dem Gedicht *Völlige Zerstörung*.

Die lakonische Sicherheit seiner Porträts verdankt sich nicht nur dem scharfen Blick und dem eidetischen Gedächtnis, sondern auch dem untrüglichen Ohr für Tonfälle, Sprechweisen, mit einem Wort: für Stimmen, über das dieser Autor verfügt. »Was die Leute zu sagen versuchen, was sie uns, unablässig und vergeblich, zu verstehen geben wollen, ist das Gedicht, das sie in ihrem Leben zu verwirklichen trachten. Wir haben es vor uns, fast mit Händen zu greifen; es ist anwesend in jedem Augenblick, wie eine sehr fein verteilte Substanz, die wir aus allem, was gesprochen wird, heraushören können. Das

Gedicht hat seinen Ursprung in halblauten Worten, wie ein Arzt sie jeden Tag von seinen Patienten vernehmen kann.« Diese gesprochene Sprache des Alltags versteht Williams derart in den Vers zu überführen, daß sie nichts von ihrer Authentizität verliert. Er schreibt ganz unabhängig von der jeweils kurrenten Literatursprache und scheut jeglichen Jargon, den der Gebildeten ebenso wie seine Antithese, den Slang. Dieser exakte Gebrauch der Umgangssprache ist spezifisch amerikanisch; er ist ein wesentlicher Grund für die enorme Wirkung Williams' auf die neueste amerikanische Poesie.

Das Raffinement seiner Schreibweise wird durch das scheinbar Alltägliche eines solchen Sprachgebrauches gleichsam getarnt. Die Gedichte wirken auf den ersten Blick eher unscheinbar. Der Grad von Verdichtung, den sie erreichen, wird erst beim genaueren Zusehen deutlich. Jeder Versuch, Williams zu übersetzen, ist die Probe aufs Exempel. Seine Knappheit ist im Deutschen unerreichbar. Unserer Poesie, ja unserer Literatur überhaupt, ist die Umgangssprache fremd. Eine rühmliche Ausnahme wie Arno Schmidt wirkt in ihrem Kontext outriert und absonderlich; der Versuch, der selbstverständlichen Sprache des Alltags habhaft zu werden, wird als Obskurität mißverstanden.

Seine Fähigkeit, Tonfälle und Gesten dichterisch zu transportieren, erlaubt es Williams übrigens, einer überall herrschenden literarischen Konvention den Garaus zu machen, die es für ausgemacht hält, daß die Familie, der Alltag eines gewöhnlichen Hauses, die Intimität einer Küche oder eines Badezimmers in einem modernen Gedicht nicht erscheinen darf. Ein absonderliches Tabu scheint es den Poeten dieses Jahrhunderts nahezulegen, daß der Nordpol, die Atombombe und der Minotaurus ihrer Aufmerksamkeit würdiger wären als das Handtuch, der Kühlschrank und die Nachttischschublade. Wo die Sprache des Gedichts sich von jeder gesprochenen distanziert, ist das kein Wunder. Getreu seiner Maxime, das Allernächste sei die Bewährungsprobe allen Schreibens, meistert Williams sehr anmutig und scheinbar ohne Anstrengung die empfindlichen Gegenstände des häuslichen Alltags, zum Beispiel in den beiden Miniaturen *Ein freundlicher Abschied* und *Nur damit du Bescheid weißt.*

W. C. W. (wie ihn seine Freunde und Schüler nennen) hat sich mit den kleinen Formen, die er so souverän beherrscht, nicht begnügt. Sein Werk ist sehr umfangreich. Es umfaßt eine Reihe von Theaterstücken, ein großes Fresko der amerikanischen Geschichte, mehrere Bände mit Kurzgeschichten und drei Romane. Diese Arbeiten können hier nicht analysiert werden. Dagegen wäre ein Versuch über das poetische Werk unvollständig ohne einen Hinweis auf Williams' größtes Gedicht *Paterson,* in dem er die Summe seiner Erfahrungen und Möglichkeiten zu ziehen sucht[7]. Die akademische Kritik, die gerne mit herkömmlichen Begriffen arbeitet, hat es als Versepos mißverstanden; das einzige, was *Paterson* mit dieser klassischen Gattung gemein hat, ist sein mythologischer Aspekt. Im übrigen handelt es sich um eine poetische Großform, die spezifisch modern ist und keine erzählerischen Absichten verfolgt. Das Werk ist am ehesten mit Pounds *Cantos,* mit Nerudas *Großem Gesang,* mit Majakowskis *Wirbelsäulenflöte* und den weittragenden Gedichten von Saint-John Perse, der *Anabasis* oder den *Seemarken,* zu vergleichen. Die Organisation so großer Texte ist enorm schwierig. Williams benutzt für seinen Bau die disparatesten Materialien, verwendet Liedformen und Eklogen, Monolog und Dialog; er montiert Prosatexte der verschiedensten Art in das Versgefüge: Briefe, Berichte aus alten Chroniken, Testamente, Plakate, geologische Tabellen und indianische Legenden. Auf diese Weise entsteht ein außerordentlich vielstimmiges Gebilde. Dem Pathos der großen Form wirkt ein spröder Humor, der feierlichen Invokation die innere Ironie des Empirischen entgegen.

Paterson ist zunächst ein ganz realer Ort: eine Industriestadt am Passaic River im Nordosten von New Jersey, 150 000

7 New York 1951 (Book 1–4); 1956 (Book 5).

Einwohner, Textil- und metallverarbeitende Industrie. Diese kollektive Größe erscheint in dem Gedicht als Person, als »Mr. Paterson«: »Die vielfältigen Facetten der Stadt können für die Mannigfaltigkeit des menschlichen Denkens einstehen.« Auf diese Weise entsteht eine Mythologie der amerikanischen Zivilisation und ihrer Geschichte. Aber das Gedicht hat auch eine elementare Kehrseite: seine fünf Bücher sind zugleich die Naturgeschichte des Passaic-Flusses von seinem Ursprung über die großen Wasserfälle bis zu seiner Mündung. Auch der Fluß tritt, zur Person verzaubert, in Erscheinung, ähnlich wie Anna Livia Plurabelle in *Finnegans Wake*. Wie alles, was er geschrieben hat, sieht Williams auch dieses ehrgeizigste seiner Werke im Zusammenhang mit seinem Beruf und seiner »provinziellen« Existenz: »New York City lag außerhalb meines Gesichtskreises. Mit Vögeln und Blumen wollte ich mich nicht zufriedengeben; ich wollte über die Leute schreiben, die mir nahe waren, über die ich bis ins kleinste Detail Bescheid wußte – ich kannte ihre Augen aus der Nähe, ja sogar ihren Geruch. Das ist die Aufgabe des Dichters: nicht in vagen Kategorien zu handeln, sondern im Besonderen zu schreiben, im Einzelnen, so wie ein Arzt an seinem Patienten an dem zu arbeiten, was er vor sich hat.«

Es ist klar, daß ein Autor von solchem Schlag sich zur Gesellschaft im Ganzen, daß er sich politisch nicht nach dem Maß einer Ideologie verhalten kann. Er kann sich keiner Doktrin unterwerfen, nicht weil er ihren so oder anders gearteten Inhalt bestritte, sondern des abstrakten Charakters wegen, der jeder Heilslehre eignet. Williams ist der geborene Demokrat; die Demokratie ist für ihn weniger eine Überzeugung als ein Lebenselement, zugleich unentbehrlich und selbstverständlich. Das Christentum ist ihm fremd, wie jede Anbetung der Autorität. Die amerikanische Kritik hat ihm zuweilen seine »linken« Neigungen zum Vorwurf gemacht; richtig daran ist, daß Williams unfähig ist, gesellschaftliche Ungerechtigkeit und ökonomische Korruption ohne Widerspruch hinzunehmen; er wäre aber ebenso unfähig, sich dem kommunistischen Dogma auszuliefern. Nicht an Bekenntnissen und Manifesten, sondern am Wortlaut noch seiner geringsten Gedichte zeigt es sich, wie tief dieser Mann mit dem Los Amerikas verbunden ist. Schier unabsichtlich und kaum je politisch in einem handgreiflichen Sinn, reflektiert sein Werk doch auf das Empfindlichste die kollektiven Chocs der amerikanischen Gesellschaft: den Eintritt in die große Weltpolitik, die *roaring twenties* mit ihren Stummfilm- und Prohibitions-Gespenstern, den großen Boom und die große Krise, den *New Deal* Roosevelts und die Verdüsterung der Welt durch den Zweiten Weltkrieg und seine Folgen. Der Kritiker Robert Lowell hat in einer Besprechung des Gedichtes *Paterson* bemerkt: »Wir haben das Amerika Whitmans vor uns, aber es ist zu einem Schauplatz der Erbärmlichkeit und der Tragödie geworden, verstümmelt durch Ungleichheit, verwüstet vom Chaos der Industralisierung, der Vernichtung ausgesetzt. Kein anderer Dichter hat es mit soviel Kunst, Mitgefühl und Erfahrung, mit solcher Wachsamkeit und Kraft beschrieben«[8].

Auch in den Dingen der Literatur und der Kunst scheint der Hinterwäldler, der Landarzt aus der Provinz mit allem, was »draußen« geschieht, wie durch ein System von kommunizierenden Röhren geheimnisvoll verbunden. Auf seinen wenigen Reisen ist er fast allen bedeutenden Figuren seiner Zeit begegnet. Zusammen mit Ezra Pound hat er in London den alten Yeats besucht; in Paris traf er Aragon und Cendrars, Cocteau und Djuna Barnes, die Surrealisten und die Amerikaner der *lost generation,* Juan Gris und Brancusi, Léger und Duchamps: damals allesamt noch nicht weltberühmt; und in New York liefen ihm O'Neill und Majakowski, Nathanael West und Francis Scott Fitzgerald über den Weg. Er war mit allen Gruppen und Richtungen vertraut (und es war die Blütezeit der Ismen); aber nie hat er sich auf die Dauer einer von ihnen anschließen können: er traf sie, prüfte sie, und zog sich wieder nach Rutherford zurück.

8 In: *The Nation* vom 19. Juni 1948.

Von Zeit zu Zeit pflegte er nach New York zu fahren. Er traf nicht nur die Berühmtheiten des Tages. Immer wieder geriet er an die kaputten, die »hohlen Menschen«, die Ausgelaugten und Zerstörten. Auf den tollen Parties der Fitzgerald-Ära saßen die Verlorenen mit den Erfolgreichen zu Tisch: und auch die Erfolgreichen waren Verlorene auf ihre Art. Das Bildnis einer Unbekannten, wie Williams es aufgezeichnet hat, gibt davon eine Vorstellung.

»Die Wohnung von Margaret Anderson und Jane Heap mit ihrem großen Bett, das an vier Ketten von der Decke herabhing, war sehenswert. Jane Heap sah aus wie ein untersetzter Eskimo, und Margaret, immer im Vordergrund, war eine Schönheit im großen Stil. Bei ihnen sah ich eines Tages unter einem Glassturz eine Plastik, die dem Wachsmodell eines Hühnermagens glich. Sie fiel mir auf. Ich erfuhr, daß eine deutsche Aristokratin namens Elsa von Freytag-Loringhoven sie gemacht habe, eine unglaubliches Geschöpf, über fünfzig Jahre alt . . . Ob ich sie kennenlernen wollte? Es hieß, sie sei begeistert von meinen Arbeiten. Ich sagte zu: das war mein Verhängnis. Unglücklicherweise saß die Bildhauerin damals gerade im Kittchen, weil sie einen Regenschirm gestohlen hatte . . . Am Tag ihrer Entlassung holte ich sie ab, lud sie irgendwo an der unteren Sixth Avenue zum Frühstück ein, und versprach ihr, sie wiederzusehen. Früher mochte sie schön gewesen sein. Sie sprach mit einem starken deutschen Akzent. Sie verdiente sich einen Hungerlohn, indem sie Modell stand . . . Ich sah sie wieder, und ob! Es wurde eine ziemlich intime Unterhaltung daraus. Sie würde einen großen Mann aus mir machen: ich brauchte mir nur von ihr die Syphilis zuzuziehen und dadurch meinen Geist für ernsthafte künstlerische Arbeit freizumachen. Übrigens war sie ein Schützling von Marcel Duchamps. Eines Tages schickte sie mir ein Aktphoto von ihr, das er gemacht haben soll, eine vorzügliche Photographie. Das Bild lag jahrelang in meinem Koffer herum, bis ich es nicht mehr sehen konnte und weggab. Immerhin, als Foto war es ein Meisterwerk. Die Baronin verfolgte mich mehrere Jahre hindurch und kam zweimal nach Rutherford hinaus. Es war nicht leicht, sie wieder loszuwerden. Sie erinnerte mich an meine Großmutter, die ›Zigeunerin‹, und ich war dumm genug, ihr zu sagen, daß ich sie gern hatte. Das hätte mich beinahe Kopf und Kragen gekostet! Ich besuchte sie und brachte ihr ein wenig Geld. In ihrem elenden Kamin häufte sich die Asche. Das Slum, das sie bewohnte, teilte sie mit zwei Hunden, die sich auf ihrem schmutzigen Bett vergnügten. Aber sie selbst war von der vollkommensten Höflichkeit ... Bis sie wieder anfing, mir Szenen zu machen. Wallace Stevens wagte es ihretwegen eine ganze Weile nicht, die Vierzehnte Straße zu überqueren, wenn er in New York war, und ein russischer Maler, der sie kannte, fand sie eines Abends, als er nach Hause kam, unter seinem Bett – ohne einen Faden auf dem Leib. Er lief davon und verbarg sich in der Wohnung eines Nachbarn. Sie weigerte sich, sein Zimmer zu verlassen, wenn er nicht mit ihr ginge . . . Sie konnte einen verrückt machen. Später gab ich ihr zweihundert Dollar für die Überfahrt nach Europa. Der Bote unterschlug das Geld. Ich gab ihr das Geld noch einmal, und schließlich fuhr sie ab. Sie kam nicht weit. Ein Spieler, ein Franzose, soll halb aus Spielerei den Gashahn in ihrem Zimmer aufgedreht haben, während sie schlief. Das ist das letzte, was ich von der Baronin gehört habe.«

Sie ist nur scheinbar eine periphere Erscheinung. Seit Edgar Allan Poe ist die Geschichte der Künste in Amerika – soweit sie sich nicht der Reklame in einer ihrer hundert Formen verschrieben – eine Geschichte der tragischen Untergänge gewesen. Williams gedenkt dieser Vergessenen, so gering oder bedeutend ihre Begabung auch gewesen sein mag, immer wieder. »Es würgte einen in der Kehle, wenn man sie ansah: sie waren fast mit Sicherheit dem Untergang geweiht.« Niemand erinnert sich mehr eines Schriftstellers namens Emanuel Carnevalli und seines ersten und einzigen Buches, Williams zu glauben, eines außergewöhnlichen Werks. Es hatte einen Achtungserfolg, der Autor wurde nach Chicago eingeladen. Dort erkrankte er, wahrscheinlich an einer Encephalitis. »Schließlich schob man ihn nach Italien ab. Sein Vater steckte ihn in ein Armenhaus in der Nähe von Bologna. Nonnen kümmerten sich um ihn. Er schrieb mir ein paarmal. Er versuchte weiterzuschreiben. Aber das Spiel war aus.«

Ich sah die besten Köpfe meiner Generation vom Wahn zerstört
hungrig hysterisch nackt
im Morgengrauen durch Negerstraßen irrend auf der Suche nach
einer wütenden Spritze ...
arm zerfetzt hohläugig und blau im übernatürlichen Dunkel
von miefigen Slums rauchend saßen sie schwimmend über
dem Häusermeer in Jazzekstasen ...
auf dreckigen Buden im Unterzeug hockend, ihr Geld verbren-
nend im Papierkorb, lauschend der Angst von nebenan ...

So beginnt das berühmteste Gedicht der neuesten amerikanischen Literatur, das *Geheul* von Allen Ginsberg[9]. Er ist in Paterson geboren. William Carlos Williams hat ein Vorwort zu diesem Gedicht geschrieben, das mit den Worten schließt: »Nehmen Sie die Säume Ihrer Gewänder hoch, meine Damen, wir gehen durch die Hölle.«
Und so gedenkt die Autobiographie der toten und verlorenen Freunde, in einer Litanei von Namen, die verstummt sind: »Pound eingesperrt in einem Irrenhaus in Washington; Hemingway ein populärer Romancier; Joyce tot, Gertrude Stein tot; Picasso zum Keramik-Fabrikanten geworden; Brancusi zu alt, um zu arbeiten; Hart Crane tot; Juan Gris, einst mein Lieblingsmaler, vor langen Jahren gestorben; Charles Demuth tot, Marcel Duchamps müßig in einem Dachboden in der Vierzehnten Straße ohne Telefon in New York; die Baronin tot; Peggy Guggenheim in Venedig als Hausherrin einer Galerie für moderne Bilder, an deren Wert sie nicht glauben soll; Ford Madox Ford tot; Henry Miller verheiratet in der

9 *Howl.* San Francisco 1956. Deutsch unter dem Titel *Geheul.* Wiesbaden 1959.

Nähe von Carmel in Kalifornien auf einem Berg, der eine halbe Meile hoch ist und von dem er fast nie herabsteigt; Djuna Barnes verarmt, ohne Adresse, nicht mehr schreibend; Carl Sandburg, abgewandt von der Mühe des Dichtens; Eugene O'Neill schweigend, verstummt.«

Die Einladungen, die Lesungen, die Schallplatten und Ehrendoktorhüte, der späte Ruhm, der ihn heimsuchte: sie vermochten Williams nicht zu trösten. Er nahm sie gutmütig hin, aber sie waren ihm wohl gleichgültig. Seine Zukunft liegt, wie die eines jeden Schriftstellers, in dem, was heute und morgen geschrieben wird. Die Renaissance der amerikanischen Poesie, der scheinbar plötzliche Ausbruch dichterischer Energien, der in den fünfziger Jahren wahrzunehmen war, läßt sich auf die mühseligen und aussichtslosen Kämpfe einer winzigen Minorität zurückführen, die in den zwanziger und dreißiger Jahren in Amerika an der Arbeit war. Wer ihre Vorgeschichte studieren will, muß sich einer beinahe apokryphen Überlieferung zuwenden: den kleinen Flugblättern und Magazinen, die damals in geringen Auflagen, jenseits des offiziellen Verlagsbetriebes und unter schweren, nicht nur materiellen Opfern, unter wenige Leute gebracht worden sind. »Diese kleinen Zeitschriften werden in mir immer einen Fürsprecher haben. Ohne sie wäre ich bald zum Schweigen verurteilt gewesen. In meinen Augen sind sie allesamt ein einziges Unternehmen, eine Zeitschrift, die nie sterben kann: das einzige Publikationsmittel, das nicht unter der Fuchtel eines Herausgebers steht. Das Kommen und Gehen ihrer Redakteure folgt einem demokratischen Gesetz. Niemand kann diese Zeitschrift beherrschen und sich zu ihrem Alleinherrscher machen. Wenn sie an einem Ort eingeht, so ersteht sie an einem andern, unter anderem Namen, neu: damit gedruckt werde, was neu ist, was in diesem Augenblick geschrieben wird.«

Was damals begonnen wurde, hat heute gesiegt. Eine ganze Generation von jungen Dichtern beruft sich auf Williams. Die verschiedensten Geister einigen sich auf ihn, wenn man sie nach ihren Lehrern fragt. In Donald Allens Sammlung *The*

New American Poetry 1945–1960, dem ersten Buch, in dem diese Dichtung in ihrer ganzen Vielfalt sichtbar gemacht wurde, trifft man immer wieder auf seine Spur[10]. Charles Olson, Robert Duncan, Robert Creeley, Allen Ginsberg, Lawrence Ferlinghetti, Le Roi Jones, Denise Levertov und Gregory Corso: klarer als jede Literaturgeschichte bezeugen diese Namen die Leistung eines einzelnen Mannes, der in seiner Kleinstadt nicht nur ein paar hundert Kinder zur Welt gebracht hat, sondern auch einige Gedichte, die das Amerikanische zu einer poetischen Sprache gemacht haben, wie sie auf der ganzen Welt verstanden wird.

10 New York 1960.

Die Aporien der Avantgarde

Selber zur Avantgarde sich zu rechnen, das steht schon seit ein paar Menschenaltern einem jeden frei, der leere Flächen einfärbt, Buchstaben oder Noten aufs Papier setzt. Nicht jeder hat Gebrauch von dieser Möglichkeit gemacht. Wer einem Autor wie Franz Kafka unverzagt den Titel eines Avantgardisten anhängt, den überführt bereits das faustdicke Wort der Fahrlässigkeit: Kafka hätte es nie und nimmer über die Lippen gebracht. Weder Marcel Proust noch William Faulkner, weder Bertolt Brecht noch Samuel Beckett: keiner hat, soviel wir wissen, auf eine Vokabel sich berufen, die zwar heute zum Wortschatz eines jeden Waschzettels gehört, auf deren Sinn jedoch, als wäre er ein für allemal ausgemacht, kaum einer unter den allzuvielen reflektiert, die sie im Munde führen.
Das gilt für die Anhänger der Avantgarde so gut wie für ihre Feinde. Sie unterscheiden sich in ihren Urteilen, nicht aber in ihren Prämissen. Unkritisch hingenommen wird, auf beiden Seiten, ein kritischer Begriff, der vor mehr als hundert Jahren in Paris Fortune gemacht und seitdem als ein Probierstein gegolten hat, dem selber keine Probe zuzumuten oder abzufordern wäre. Die Geister, die er scheidet, pflegen sich einem permanenten Streitgespräch zu überlassen, dessen Anfänge im Aschgrauen liegen, und das sich beliebig fortsetzen läßt. Schlagworte und Namen wechseln; unverändert bleibt das Schema. Seit Swifts *Full and True Account of the Battle between the Ancient and the Modern Books* (1710) hat dieser Zwist an Originalität und Brillanz verloren; geblieben ist die bescheidene Begrifflichkeit, mit der er sich von jeher begnügt hat. Die gußeisernen Attitüden der Streiter, gleichviel auf welcher Seite, sind von deprimierender Harmlosigkeit; sie erinnern an Figuren aus dem bürgerlichen Familiendrama, auf dessen längst verjährten Vater-Sohn-Konflikt sie den Gang der Ge-

schichte reduzieren möchten. Redensarten wie die vom ungestümen Wildfang, der sich die Hörner schon noch abstoßen werde; vom Überschwang der Jugend und von der Weisheit der Reifezeit; vom abgeklärten, bewahrenden Sinn des Alters, der schmunzelnd auf die eigene aufrührerische Vergangenheit zurückblickt, bezeichnen die ganze Sphäre solcher Debatten, samt ihrem Mangel an geschichtlichem Sinn. Ahistorisch, und nicht nur abgedroschen, ist das blinde Vertrauen, das sie gern in den fadenscheinigen Begriff der Generation setzen, ganz als unterläge das Leben der Künste, und nicht das der Trichinen, dem biologischen Gesetz des Generationswechsels, oder als ließe der Gehalt einer Hymne von Hölderlin oder eines Stückes von Brecht sich am »Jahrgang« des Autors ablesen. Wer Alt und Neu, oder Alt und Jung, auf so bequeme Art unterscheidet, ist schon durch die Wahl seiner Kriterien mit dem Banausentum einverstanden. Unzugänglich müssen ihm die einfachsten dialektischen Sätze bleiben. Daß über die Fortdauer alter Kunstwerke immer nur ihre Anwesenheit in der gegenwärtigen Produktion entscheidet, die sie zugleich verzehrt und verjüngt, bleibt unverstanden, ja unverständlich, obschon diese Einsicht am Anfang alles europäischen Denkens zu gewinnen wäre: »Altes ist umschlagend Junges und dieses, zurück umschlagend, jenes.« Der Satz steht bei Heraklit.

Nicht sowohl, weil er sich unaufhörlich, unentschieden und unentscheidbar hinzieht, ist der Wortwechsel zwischen den Parteigängern des Alten und des Neuen unerträglich, sondern weil sein Schema selbst nichts taugt. Die Wahl, zu der es einlädt, ist nicht bloß banal; sie ist von vornherein verfälscht. Den Schein einer zeitlosen Symmetrie, mit dem sie sich umgibt, macht die Geschichte zunichte, die noch jede ahistorische Position überholt und Lügen gestraft hat. Kaum geraten die Künste nämlich ins Gravitationsfeld der totalen Herrschaft, so nimmt das biedere Hin und Her um die Avantgarde, oder vielmehr: was dafür gehalten wird, mörderische Züge an. Die Symmetrie des Alten und des Neuen, jenes zeitlose Spiegelbild wird brutal entzweigeschlagen, und sein realer

Untergrund kommt zum Vorschein. Noch hat keine Avantgarde der Welt nach der Polizei gerufen, um sich ihrer Widersacher zu entledigen. Die »gesunden Kräfte der Beharrung« sind es, die eh und je Zensur, Bücherverbrennung, Schreibverbot, ja Mord als die Fortsetzung ihrer Kritik mit andern Mitteln sanktioniert haben, und die sich liberal nur solange geben, bis die politischen Umstände es ihnen erlauben oder vielmehr gebieten, Fraktur zu reden.

Erst wenn es soweit ist (aber es ist immer schon soweit auf der anderen Seite des Flusses), dann kommen die Kategorien des Progressiven und des Reaktionären in den Künsten zu ihrem Recht. Zwar sind sie kaum weniger fragwürdig und abgeschabt als die des Alten und des Neuen; auch haben so viele Falschspieler mit ihnen operiert, daß ihnen die Zinken des Mißbrauchs für immer einbeschrieben sind. Immerhin können sie sich auf ihre Historizität berufen; sie eignen sich nicht zur Analyse biologischer, sondern geschichtlicher Prozesse. Solange irgendwo auf der Welt ästhetische Fragen mit Gewalt entschieden werden, ja solange damit auch nur, als einer realen Möglichkeit, zu rechnen ist, sind sie unentbehrlich: also überall und auf nicht absehbare Zeit. Sie erfordern keine metaphysische Begründung. Ihr Nutzen ist einzig und allein heuristischer Art[1]. Sie bedürfen daher der ständigen Überprüfung: wie jedes Hilfsmittel, das nicht entbehrt werden kann, gefährden sie den, der sich ihrer bedient, sobald er ihnen blind vertraut. Eben ihr Verhältnis zum Zweifel unter-

1 Wo Finsternis mit Tiefe verwechselt wird, pflegt man für Aufklärung das schmückende Beiwort »platt« parat zu haben. In einem solchen geistigen Klima ist vielleicht die Bemerkung nötig, daß der Begriff des Progressiven jeder rosigen Aura entraten kann. Nicht im mindesten setzt er Optimismus oder die Überzeugung voraus, als strebe der Mensch, am Ende gar noch zwangsläufig, der Vollkommenheit zu. Wer an ihm festhält, negiert damit lediglich eine Negation, deren reale Wirkungen angesichts der überall geplanten Rückkehr in das Höhlenzeitalter schwerlich geleugnet werden kann. Schon wer seinen Plan zu behaupten sucht und sich der allgemeinen Regression nicht anschließen möchte, scheint in einer fliehenden Menge vorzudringen: er wirkt als Störenfried. So ist der Begriff des Fortschritts denen ein Hindernis, die den Rückschritt praktizieren.

scheidet zutiefst die progressive von jeder reaktionären Haltung. Die Bereitschaft zur Revision aller zementierten Thesen, zur unendlichen Prüfung ihrer eigenen Prämissen, ist für alle progressive Kritik konstitutiv. Dagegen glaubt sich die reaktionäre Kritik sozusagen von Natur aus und jederzeit im Recht. Sie ist der Reflexion auf ihre Voraussetzungen enthoben. So willfährig sie ihr Urteil den Herrschaftsverhältnissen von Fall zu Fall anzupassen weiß, so unzweifelhaft steht ihr fest, was für gesund, schön und positiv zu gelten hat.

Erst nach ihrer Machtübernahme zeigt sie ihr gewalttätiges Gesicht. Bis dahin operiert sie im Unterholz der Konventikel, auf dem unübersichtlichen Terrain der Schulbücher und der »Kunsterziehung«; auf freiem Feld beobachtet sie eine gewisse Vorsicht. Unter demokratischen Bedingungen sieht sich die reaktionäre Kritik gezwungen, ihre eigene Existenz zu verleugnen. In ihren Kanon des Unvergänglichen nimmt sie sogar, stillschweigend, auf, was sie früher verfemt hat: sobald ein modernes Werk nicht mehr neu, nicht mehr riskant ist, wird es von eben jener Kritik behende als »Klassiker der Moderne« reklamiert, die jahrzehntelang vergeblich versucht hat, es mit ihren »festen Maßstäben« totzuschlagen. Einmal dem Erbe, das es zu bewahren gilt, zugeschlagen, wird es dann erst eigentlich um sein Leben gebracht, nämlich der Kritik entrückt und als einbalsamierte Reliquie ausgestellt. Was ihm zu unterdrücken nicht gelungen ist, dem biedert der reaktionäre Kunstrichter sich an und glaubt damit auch noch seine Großzügigkeit unter Beweis zu stellen. Solange er seine Doktrin nicht mit Hilfe der Polizei durchsetzen kann, findet er sich gar zum Waffenstillstand bereit, gibt sich als Vermittler und als Mann des *common sense*, der »über den Dingen steht«. Der gesellschaftliche Pluralismus wird, vorläufig, zum ästhetischen Ruhekissen: in der Finsternis der Freiheit sind dann alle Katzen grau. Jedes Werk hat neben jedem andern recht, der Schund »ergänzt« das *chef d'œuvre*, und mit der Verbindlichkeit aller Urteile soll das kritische Vermögen schlechthin eskamotiert werden.

Neutralität von solchem Schlage, die gern auf den Namen der »Aufgeschlossenheit« hört, richtet sich selbst. Beim ersten Anzeichen dafür, daß ästhetische Fragen fortan von der Staatsmacht erledigt werden, schlägt sie in das um, was sie insgeheim immer schon gewesen ist. Dem Terror gegenüber, mag er von einem Goebbels oder einem Schdanow ausgeübt werden, gibt es keine Toleranz; was für die reaktionäre Kritik soviel bedeutet, als daß Toleranz den Opfern jenes Terrors gegenüber entbehrlich ist. Um so ungestörter kann sie sich auf ihren eigenen Gewißheiten ausruhen, solange sie nur dafür sorgt, daß die Maßstäbe ihrer Beckmesserei stets vorschriftsmäßig geeicht sind.

Diese Vorschriften sind immer dieselben: »Der Akzent muß auf die weltanschaulichen Fragen gelegt werden.« Das Kunstwerk selber ist nichts, es fungiert einzig und allein als »Vertreter« der jeweils verlangten »Weltanschauung«, die es »adäquat zu reproduzieren« hat. »Es kommt nicht auf die spezifische artistisch-formelle Schreibweise an, sondern auf diese weltanschaulich letzte Position.« An den Opportunismus, der's mit den stärkeren Bataillonen hält, wird offenherzig appelliert: »Anschluß an die entscheidenden Tendenzen der Zeit, die früher oder später auch die herrschenden sein werden«, soll der Schriftsteller finden, »auf den Boden« sich stellen, den die reaktionäre Kritik ihm anweist. Die »konkrete Richtschnur«, an der er sich aufhängen kann, ist damit gegeben, und »der berechtigte, für die Kunst außerordentlich fruchtbare weltgeschichtliche Optimismus« wird sich dann schon von selber einstellen. Die Künste sind dazu da, um »lebenswahren Realismus« und »umfassende Positivität« zu liefern und »den Menschen der Zukunft von innen zu gestalten«. »Wille und Eignung zum Schaffen einer solchen positiven neuen Wirklichkeit« erleichtern die »Wahl zwischen sozialer Gesundheit und Krankheit«. »Damit ist« – wörtlich! – »ein derartiges Erhöhen der Warte entstanden«, daß es nicht mehr zweifelhaft sein kann, welche Zwangsjacke der Wärter den Künsten anzulegen gedenkt: Avantgarde, oder was er darunter versteht, ist »dekadent«, »pervers«, »zynisch«, »nihilistisch« und »krankhaft«. Dieses Vokabular ist aus dem *Völkischen Beobachter* in guter Erinnerung, und daß der Geisteszustand, den es ausdrückt, in unserm Land nicht ausgestorben ist, lehrt jeder zweite Blick in die Zeitungen, die zwischen Passau und Bonn erscheinen. Die zitierten Phrasen sind aber nicht auf dem faschistischen Mist gewachsen; sie sind auch nicht dem *Neuen Deutschland* entnommen. Der sie niedergeschrieben hat, gilt als der gescheiteste, vornehmste und mutigste Literaturkritiker, den der Kommunismus überhaupt aufzuweisen hat; sie stehen in Georg Lukács' Buch *»Wider den mißverstandenen Realismus«* [2], das jenseits der Elbe nicht hat erscheinen dürfen, weil es den Kultur-Polizisten, die dort das Wort führen, immer noch nicht reaktionär genug war: er beanstandet zwar, in einer Sprache, die sich auf Schiller und Goethe wohl zu Unrecht beruft, »das immer stärker In-den-Vordergrund-Treten des Pathologischen« in der Literatur, spricht sich aber nicht für die Therapie aus, die solchen Diagnosen zu folgen pflegt und die darin besteht, den Patienten zu liquidieren. Lukács ruft keineswegs nach dem Revolver, wenn er das Wort Kultur hört. Er hat sich einen Rest jenes schlechten Gewissens bewahrt, das die Mitgift ihrer intelligenteren »Vertreter« an die reaktionäre Kritik ist. Es regt sich umsonst.

Das »Kunstwollen« solcher Kritik äußert sich nicht nur darin, daß ihre Sprache, unter welchem Parteiabzeichen auch immer, verlumpt und verrottet. Sie kann auch der Kenntnis dessen, was sie diffamiert, entraten. Der Bock als Gärtner ist auf die Botanik nicht angewiesen. Kraut und Unkraut scheidet er mit den Hörnern. Als gesund passiert am ehesten, was mittelmäßig ist: Theodore Dreiser, Sinclair Lewis, Norman Mailer, Romain Rolland und Roger Martin du Gard gelten Lukács als der Inbegriff der modernen Literatur. Welchem trüben Mißverständnis Thomas und Heinrich Mann es zu verdanken

2 Hamburg 1958.

haben, daß sie in dieser Liste der k. v. Geschriebenen figurieren, bleibt unerfindlich. Krankhaft und dekadent dagegen, im Unterschied zum pausbäckigen Autor des *Erwählten:* Dos Passos und Beckett, Montherlant und Kafka, Proust und Jens Rehn, Koeppen und Jünger, Gide und Faulkner: eine Versammlung von Namen, wie sie unsinniger kaum gedacht werden könnte [3]. Über ein und denselben unsauberen Kamm wird geschoren, was nach Rang und Gehalt, nach Sprache und Herkunft schlechthin unvergleichbar ist. Diesen Taschenkamm nennt Lukács »Avantgardismus« – selbstverständlich ohne sich die Mühe einer Analyse dieses Begriffs zu machen [4]. Nicht schwerer haben sich Hanns Johst und Will Vesper die Kunst der Unterscheidung gemacht.

Weder ihre westlichen noch ihre östlichen Nachtreter, von welchen Warten aus sie ihr Geschäft betreiben mögen, sind einer Kritik der Avantgarde fähig. Ihr Urteil darüber, was gesund und krank, was volksverbunden und entartet ist, muß von der Polizei vollstreckt werden, oder es bleibt bedeutungslos. Mit jedem ihrer Bannflüche bezeugen sie ihre eigene Unzuständigkeit.

Angesichts ihrer Zensuren, die es auf nichts anderes als Zensur abgesehen haben, versteht sich Solidarität von selbst. Jedes Werk verdient gegen seine Unterdrücker verteidigt zu werden: dieser Satz geht aller ästhetischen Prüfung voran, und noch das überflüssigste »Experiment« kann sich auf ihn be-

3 Daß alle Klassiker, ohne jede Ausnahme, vor »Gesundheit« strotzen, versteht sich von selbst. Das »Erbe«, von Homer bis Tolstoi, muß als Knüppel herhalten, mit dem der modernen Literatur heimgeleuchtet wird. Aber nicht nur die erlauchten Schriftsteller der Vergangenheit werden als Kronzeugen rekrutiert: Lukács zögert nicht, neben sie den amerikanischen Trivialromancier Louis Bromfield in den Zeugenstand zu rufen, der ihm immerhin gut genug ist, um gegen Proust auszusagen.

4 Diese Fahrlässigkeit rächt sich, wenn Lukács schreibt: »Lenin kritisiert immer wieder den sektiererischen Standpunkt, als ob das, was für eine Avantgarde bereits bewußt geworden ist, von den Massen einfach übernommen werden könnte.« So schnell also ist ein Begriff von seinen Krankheiten zu heilen, wenn die Parteidisziplin es verlangt.

rufen. Um so schärfer hat eine Kritik, die sich als progressiv versteht, auf ihre Rechte und Pflichten gerade der avanciertesten Produktion gegenüber zu achten. Begnügt sie sich damit, die Urteilssprüche der Kulturwärter auf den Kopf zu stellen, so gibt sie ihnen damit noch einmal recht. Wer den Vögten der Gewalt die Kompetenz abspricht, kann sich nicht gleichzeitig rechtfertigen, indem er sich auf ihre Sprüche beruft. Solidarität kann in den Künsten nur gelten, solange sie nicht als *carte blanche* benutzt wird. Keineswegs ist gegen Kritik immun, was sich als Avantgarde deklariert. Manches spricht dafür, daß dieser Begriff heute zum Talisman geworden ist, der seine Träger gegen alle Einwände feien und ratlose Rezensenten einschüchtern soll: besonders der Umstand, daß seine Analyse bis heute aussteht. Die sie am liebsten ausmerzen wollen, haben sich nie sonderlich dafür interessiert, was Avantgarde eigentlich ist. Das ist begreiflich. Merkwürdiger dagegen, daß ihre Anhänger zur Bestimmung dessen, was sie bewundern, kaum mehr beigetragen haben als ihre Feinde. Der Begriff der Avantgarde bedarf der Aufklärung.

Hinter dem Stichwort erscheinen in allen Wörterbüchern, zum Zeichen seiner Herkunft aus dem Militärwesen, zwei gekreuzte Degen. Ältere Nachschlagewerke nehmen von der übertragenen Bedeutung keine Notiz:

»*Avantgarde, Vorhut, Vortrab,* diejenige Abteilung eines marschierenden Truppenkörpers, welche dieser (das Gros) auf eine gewisse Entfernung vorschiebt ... Eine A. teilt sich nach vorwärts in immer kleiner werdende Abteilungen bis zu der ganz vorn marschierenden *Spitze.* Jede dieser Abteilungen hat den Zweck, der nachfolgenden stärkern eine größere Sicherheit und Zeit zu gewähren ... Die vorgeschobenen kleinern Abteilungen haben sich nach der ihnen folgenden größern in betreff der Fortbewegung zu richten« 5.

5 Brockhaus' *Konversations-Lexikon.* Vierzehnte Auflage. Zweiter Band. Berlin 1894.

Auf die Künste wurde die strategische Vorstellung zuerst in den fünfziger Jahren des vergangenen Jahrhunderts, und zwar in Frankreich, übertragen. Die Metapher hat seitdem den ursprünglichen Sinn des Ausdrucks verdrängt und verdunkelt; sie muß es sich jedoch gefallen lassen, daß man sie beim Wort nimmt. Der Einwand, sie sei nicht so gemeint, liegt nahe, aber er verschlägt nicht. In der Sprachfigur ist aufbewahrt, was ihre Benutzer vergessen haben; die Analyse bringt nur an den Tag, welche Voraussetzungen sie mitschleppt. Der Begriff der Avantgarde ist, wie das Wort selber, ein Compositum.

Sein erster Bestandteil gibt keine Rätsel auf. Das Gelände, in dem die Avantgarde sich bewegt, ist die Geschichte. Die Präposition *avant*, im militärischen Fachausdruck eher räumlich gedacht, kommt in der Metapher wieder zu ihrem ursprünglichen zeitlichen Sinn. Die Künste werden nicht als geschichtlich invariante Tätigkeiten des Menschengeschlechts oder als Arsenal der zeitlos existierenden »Kulturgüter«, sie werden als ein stets voranschreitender Prozeß angeschaut, als ein *work in progress*, an dem jedes einzelne Werk teilhat.

Und zwar ist dieser Prozeß eindeutig gerichtet. Das allein macht es möglich, Vorhut, Gros und Nachhut zu unterscheiden. Nicht alle Werke sind gleich weit »vorn«; und es gilt keineswegs als gleichgültig, welche Position sie einnehmen. Das Pathos des Begriffs speist sich aus der Vorstellung, daß der Platz an der Spitze des Prozesses ein Werk auszeichnet, ihm einen Rang verleiht, der anderen Werken nicht zukommt. Verglichen wird dabei nicht so sehr die gegenwärtige Produktion mit der vergangenen. Zwar schließt die Avantgarde-Metapher die subalterne und dumpfe Meinung nicht aus, als ließe sich, was früher entstanden ist, eben deshalb schon zum alten Eisen werfen. Doch läßt sie sich auf vulgäre Anbetung des Neuesten nicht reduzieren. Mitgedacht ist in ihr die Ungleichzeitigkeit des Gleichzeitigen: Vorläufer und Nachzügler sind in jedem Augenblick des Prozesses zugleich anwesend. Äußere und innere Zeitgenossenschaft fallen auseinander. Das *en avant* der Avantgarde möchte gleichsam Zukunft im Gegenwärtigen verwirklichen, dem Gang der Geschichte vorgreifen.

Ihr Recht hat diese Vorstellung daran, daß Kunst ohne ein Moment der Antizipation überhaupt nicht zu denken ist. Es ist im produktiven Vorgang selbst enthalten: dem Werk geht der Entwurf voraus. Er verschwindet nicht in seiner Verwirklichung. Jedem Kunstwerk, und dem *chef d'œuvre* zumal, wohnt etwas Unvollendetes inne, ja dieser notwendige Rest macht seine Dauer aus: erst mit ihm vergeht das Werk. Eine Ahnung davon ist die Bedingung aller Produktivität. Die Idee des Ruhmes hat hier ihren Grund. Er ist von jeher Nachruhm gewesen, unvergleichlich mit dem Erfolg zu Lebzeiten. Erst die Nachgeborenen können das Kunstwerk vollenden, das unabgeschlossen in die Zukunft ragt, die Antizipation durch den Ruhm gleichsam einlösen. In dieser Zuversicht sind die antiken Werke entstanden. Sie äußert sich ausdrücklich in einem verbreiteten literarischen Topos als Anrufung der Nachwelt durch den Dichter.

Mit der Entfaltung des historischen Bewußtseins beginnt dieses Vertrauen auf die Nachwelt zu schwinden. Zwar öffnet sich jedem Werk, auch dem unbedeutendsten, die Aussicht auf eine neue Unsterblichkeit: alles kann, ja muß aufbewahrt, im Gedächtnis der Menschheit aufgehoben werden: aber als »Denkmal«, als Relikt. Damit taucht die Frage der Überholbarkeit auf. Die ewige Fortdauer im Museum wird mit der Aussicht erkauft, daß fortan der Gang der Geschichte über alles, ohne es auszulöschen, hinweggehen kann. Jeder wird sich des voranschreitenden Prozesses bewußt, und dieses Bewußtsein wird seinerseits zum Motor, der den Prozeß beschleunigt. Die Künste finden in ihrer Zukunft nicht mehr Schutz: sie tritt ihnen als Drohung entgegen und macht sie von sich abhängig. Immer rascher verschlingt die Geschichte die Werke, die sie zeitigt.

Von nun an sind die Künste ihrer eigenen Historizität als Stimulans und Drohung eingedenk; aber es bleibt nicht bei dieser Veränderung des Bewußtseins. Der Sieg des Kapitalismus macht aus ihr eine handfeste ökonomische Tatsache: er bringt das Kunstwerk auf den Markt. Damit tritt es nicht nur zu andern Waren, sondern auch zu jedem andern Kunstwerk in ein Verhältnis der Konkurrenz. Der geschichtliche Wettstreit um die Nachwelt wird zum kommerziellen Wettbewerb um die Mitwelt. Der Mechanismus des Marktes imitiert den verschlingenden Gang der Geschichte im Kleinen: kurzatmig, nach dem Augenmaß der Betriebswirtschaft, auf raschen Umsatz bedacht. Das antizipierende Moment der Kunst wird zur Spekulation verkürzt: ihre Zukunft notiert wie die eines Börsenpapiers. Die historische Bewegung wird beobachtet, aufgefaßt und eskomptiert wie ein konjunktureller Trend, von dessen korrekter Vorhersage der ökonomische Erfolg abhängt. Doch begnügt sich die Bewußtseins-Industrie auf die Dauer nicht damit, den Markt der Künste durch ihre Auguren beobachten zu lassen. Sie versucht, sich gegen den Wechsel des Wetters zu versichern, indem sie es selber macht. Der Trend von morgen wird von ihr, wenn nicht geradezu erfunden, so doch proklamiert und befördert. Die Zukunft des Kunstwerks wird verkauft, noch ehe sie eingetroffen ist. Angeboten wird jeweils, wie in anderen Branchen auch, das Modell des nächsten Jahres. Aber diese Zukunft hat nicht nur immer schon begonnen: sie ist auch, wenn sie auf den Markt geworfen wird, jeweils schon vorbei. Das ästhetische Produkt von morgen, heute angeboten, gilt übermorgen als Ladenhüter, der nicht mehr verkäuflich ist und ins Archiv wandert: im Hinblick auf die Chance, daß es zehn Jahre später, als sentimentalisches Remake, noch einmal abgesetzt werden kann. Auch das Kunstwerk wird also dem industriellen Verfahren der künstlichen Alterung unterworfen: sein Nachruhm wird sofort, im doppelten Sinn des Wortes, kassiert; ja er wird, als *publicity*, in Vorruhm verwandelt, der dem Werk zufällt, noch ehe es in Erscheinung tritt. Seine Nachwelt wird industriell hergestellt. Der Satz von der Ungleichzeitigkeit des Gleichzeitigen wird verwirklicht, indem man die Kundschaft

zur Vorhut ausbildet, die mit dem Neuesten bedient werden will und Zukunft gleichsam als Konsumgut verlangt.
Als Lieferanten dieser Industrie nehmen Schriftsteller, Maler, Komponisten ökonomisch Angestellten-Züge an. Sie müssen »mit der Zeit gehen« und den Konkurrenten stets um eine Nasenlänge voraus sein. Um an der Spitze sich zu halten, dürfen sie »den Anschluß nicht verpassen«. Daß sich Fünfzigjährige als junge Autoren bezeichnen lassen, hat hier seinen Grund. Selbstverständlich lädt eine solche ökonomische Verfassung zu niederträchtigen Manövern ein. Sie ermöglicht die Entstehung einer Avantgarde als Bluff, als Flucht nach vorn, der das Gros aus Angst, zurückzubleiben, sich anschließt. Der Typus des Mitläufers, der als Vorläufer gelten möchte, tritt in den Vordergrund; im Run auf die Zukunft sieht jeder Hammel sich als den Leithammel. Wer derart auf dem laufenden bleibt, ist allemal Objekt eines Prozesses, den er als Subjekt zu führen glaubt.
Diese ökonomischen Konsequenzen machen aber nur eine Aporie sichtbar, die mit der Vorstellung einer Avantgarde der Künste selber gegeben ist. Fragwürdig ist nicht nur seine industrielle Verwertung, sondern das *en avant*, mit dem sie antritt, überhaupt. Wer nämlich, außer ihr selber, entscheiden soll, was zu jeder Zeit »vorne« ist, das bleibt offen. »Die vorgeschobenen kleinern Abteilungen haben sich«, wenn man Brockhaus glauben darf, »nach der ihnen folgenden größern in betreff der Fortbewegung zu richten«: das heißt aber, sobald die Vorstellung einer räumlichen auf die zeitliche Bewegung übertragen wird, nach einer Unbekannten.
Freilich läßt sich ohne große Mühe die Behauptung verifizieren, daß es zu jeder Zeit eine Arrièregarde gibt. Unfehlbar fällt sie mit dem zusammen, was die reaktionäre Kritik als gesund empfiehlt. Ihre Physiognomie läßt sich bis in die kleinsten Züge beschreiben, weil in ihren Zügen eben nur das historisch Wohlbekannte epigonal wiederkehrt. Ein extremes, recht genau erforschtes Beispiel ist der Trivialroman, der stets ältere Muster abgenutzt und entstellt wiederholt. Dabei sinkt nicht

eigentlich ab, was frühere Epochen hervorgebracht haben: abgesunken sind eher die Produzenten dieser Arrièregarde, die sich gern, aber immer zu Unrecht, auf die Tradition beruft. Ihr anspruchsloser, kleinbürgerlicher Flügel ist durch seine Dummheit gegen jeden Einwand geschützt; er erfreut sich in kommunistischen Ländern staatlicher Protektion und beliefert in der neo-kapitalistischen Gesellschaft, von der Öffentlichkeit kaum beachtet, das Proletariat, das auf allgemeinen Wunsch in *lower middle class* umgetauft worden ist. Wie diese Mehrheit der Bevölkerung reibungslos mit Ästhetik aus fünfter Hand versorgt wird, läßt sich an den Katalogen der großen Kauf- und Versandhäuser studieren. Dieser unartikulierten Arrièregarde ist jene »gehobene« an die Spitze zu stellen, die sich aus den »Kulturträgern« zusammensetzt. Ihre Spezialität ist die aristokratische Geste, mit der sie »geistige Belange wahrzunehmen« und »Werte« zu verteidigen meint; ihr jahrzehntelanges Schattenboxen mit der Moderne bedarf keiner Erläuterung, und ihre Standpunkte sind bis zum Überdruß bekannt.

Dagegen läßt sich kein Standpunkt ausmachen, von dem aus zu bestimmen wäre, was Avantgarde ist und was nicht. Alle Versuche der Bewußtseins-Industrie, die historische Bewegung der Künste als Trend zu ermitteln und ihre Prognose zum Diktat zu erheben, schlagen als Spekulation fehl: Treffer erzielt sie bestenfalls im Hasard. Der Prozeß macht nicht nur die ohnmächtigen Versuche der Kommunisten, ihn einzuplanen, sondern auch die gewitzteren Bemühungen der kapitalistischen Wirtschaft zuschanden, die ihn durch Reklame und Marktmanipulationen steuern möchte. Mit Sicherheit kann nur gesagt werden, was »vorne« *war*, nicht was »vorne« *ist.* Das Werk Kleists oder Kafkas ist den Zeitgenossen unsichtbar geblieben, nicht weil diese sich geweigert hätten, »mit der Zeit zu gehen«, sondern weil sie mit der Zeit gegangen sind. Damit ist nicht gesagt, daß in den Künsten verkannt werden müsse, was Zukunft enthält. Ohnehin hat der Begriff des Verkannten eine altmodische Färbung angenommen, seitdem die Kapazität der Reproduktions-Apparate größer ist als die vorhandene Produktivität, seitdem infolgedessen wahllos und auf Verdacht publiziert wird, was überhaupt einer schreibt oder malt. Daß damit jedem Werk, gar dem, das Zukunft vorwegnimmt, Gerechtigkeit geschehe, davon kann keine Rede sein: es gibt keine Instanz, bei der solche Gerechtigkeit eingeklagt oder wie ein Tarifvertrag durchgesetzt werden könnte. Wo das Wort Avantgarde mit dem Präsens konstruiert wird, entsteht ein doktrinärer Satz. Unrecht hat bereits, wer auf objektive Notwendigkeit, Materialzwang und zwangsläufige Weiterentwicklung sich versteift. Jede derartige Doktrin verläßt sich auf die Methode der Extrapolation: sie verlängert Linien ins Unbekannte hinein. Mit diesem Verfahren ist aber nicht einmal einem politischen oder ökonomischen Prozeß beizukommen, weil es nur auf lineare, nicht auf dialektische Vorgänge anwendbar ist: geschweige denn auf einen ästhetischen Prozeß, der durch keine Prognose, nicht einmal eine statistische, erfaßt werden kann, weil in seiner Charakteristik die Sprünge entscheiden. Ihrem spontanen Auftreten ist keine Theorie der Zukunft gewachsen.

Das Modell, an dem sich die Vorstellung der Avantgarde orientiert, ist untauglich. Das Voranschreiten der Künste in der Geschichte wird als lineare, eindeutige übersichtliche und überschaubare Bewegung gedacht, in der jeder seinen Platz, Spitze oder Troß, selber bestimmen könnte. Ungedacht bleibt, daß diese Bewegung vom Bekannten ins Unbekannte führt; daß mithin nur die Nachzügler angeben können, wo sie sind. Was vorn ist, weiß niemand, am wenigsten, wer unbekanntes Terrain erreicht hat. Gegen diese Ungewißheit gibt es keine Versicherung. Mit der Zukunft kann sich nur einlassen, wer den Preis des Irrtums zu erlegen bereit ist. Das *avant* der Avantgarde enthält seinen eigenen Widerspruch: es kann erst *a posteriori* markiert werden.

Die Metapher von der Avantgarde enthält aber nicht nur zeitliche, sondern auch soziologische Bestimmungen. Sie werden im zweiten Bestandteil des Compositums ausgedrückt.

»*Garden* werden außer den Leibwachen der Fürsten in vielen Armeen die durch vorzüglichen Ersatz und besonders glänzende Uniformen ausgezeichneten Elitetruppen (s. Elite) genannt, die meist in den Haupt- und Residenzstädten garnisonieren. Garde bedeutet ursprünglich eine Umhegung ... Als der eigentliche Schöpfer der G. muß Napoleon I. betrachtet werden. Die Überlieferung legt ihrem Führer, dem General Cambronne (freilich mit Unrecht) den Ausspruch in den Mund: ›Die Garde stirbt, doch sie ergiebt sich nicht‹« [6].

Jede Garde ist ein Kollektiv; das ist das erste, was sich diesem Wort ablesen läßt. Zuerst die Gruppe, dann erst der einzelne, auf dessen Entschlüsse es nicht ankommt, wenn die Garde etwas unternimmt: er wäre denn ihr Anführer. Denn zwischen dem Einen, der die Befehle und Parolen des Tages ausgibt, und den Vielen, die sie empfangen, weitergeben und befolgen, wird jede Garde aufs strengste unterscheiden. Gemeinsam ist allen, die ihr angehören, die Disziplin. Ohne Vorschrift und Regel kann sie nicht auskommen. Sie einzuhalten, ist nicht immer leicht, nimmt dem Gardisten aber auch manche Sorge ab. Mit seiner Freiheit delegiert er ans Ganze auch Zweifel, Angst und Unsicherheit: seiner Sache, die nun nicht mehr die seine, sondern die des Kollektivs ist, kann er sich sichrer fühlen. Den Schutz, den die Garde gewährt, genießt zuallererst, wer ihr angehört. Er hat nicht nur Pflichten, sondern auch Rechte, nämlich Vorrechte. Zur Garde zu gehören, ist eine Auszeichnung. Sie ist ein exklusiver Männerbund: das Gehege schließt andere aus. Jede, auch die Avant-Garde, versteht sich als Elite. Stolz ist sie nicht nur darauf, voran- und weiter zu sein als die andern, sondern auch darauf, zu einer ausgezeichneten Minderheit zu zählen.

6 Op. cit. Siebenter Band. Berlin 1894.

Die Bestimmung der Garde ist der Kampf. In ihm, und in ihm allein, erweist sich ihr Wert. Nicht Produktivität, sondern Auseinandersetzung ist ihre *raison d'être:* sie ist immer militant. Die Übertragung des Begriffs auf die Künste führt hier zu gewissen Schwierigkeiten. Welchen Gegner meint die Vorhut im Gelände der Geschichte anzutreffen, wenn sie allein, und niemand sonst, in der Zukunft oder in die Zukunft hinein operiert? Welchem feindlichen Heer könnte sie dort begegnen? An Feinden wird es keinem fehlen, der das gesicherte, angeblich so »gesunde« Terrain des Mittelmaßes verläßt: aber diese Gegner scheinen sich doch eher in seinem Rücken aufzuhalten, und abgesehen davon, daß er seinen Daseinszweck nicht gerade in ihrer Bekämpfung sehen wird, will es nicht recht zu der Idee einer Garde passen, daß ihr einziger Feind der Train desselben Heerwurms sein sollte, den anzuführen sie den Vorzug hat.

Der Begriff der Avantgarde ist nicht nur auf die Künste, sondern, mehr als ein halbes Jahrhundert später, mit mehr Glück und Verstand auch auf die Politik übertragen worden. Im Jahre 1919 hat Lenin die Kommunistische Partei als »Avantgarde des Proletariats« definiert[7]. Diese Formulierung ist in den Sprachgebrauch der Kommunisten in der ganzen Welt eingegangen[8]. Sie bezeichnet auf das schärfste, was in der Avantgarde-Metapher soziologisch mitgedacht oder vielmehr unaufgeklärt mitgeschleppt wird. Welche Rolle Sorels Elitebegriff für die Entwicklung der Leninschen Theorie gespielt hat, ist bekannt. Ganz im Sinn Sorels gilt Lenin die Partei als eine straff organisierte, elitäre Kampfgruppe, der die absolute innere Disziplin selbstverständlich ist; ebenso selbstverständlich steht ihr ein privilegierter Status gegenüber den Außenseitern, der Masse der Nicht-Parteimitglieder zu. Die Avant-

7 *Werke,* Band 31, S. 28 f. Berlin 1958. Später unablässig wiederholt.

8 Daher eine amüsante terminologische Schwierigkeit, die sich für alle orthodoxen Marxisten ergibt, wenn sie über ästhetische Fragen schreiben: Avantgarde in den Künsten ist zu verdammen, Avantgarde in der Politik aber als Autorität zu verehren.

garde-Metapher ist hier bis zur schneidenden Konsequenz durchdacht. Nur in einem Punkt weicht die übertragene Bedeutung von der ursprünglichen ab: die kommunistische Avantgarde hat sich nicht nach dem Gros »in betreff der Fortbewegung zu richten«, sondern umgekehrt: sie ist zugleich der Generalstab, nach dessen Plänen sich die ganze Operation zu richten hat: sie setzt nicht nur die Diktatur des Proletariats, sondern auch die Diktatur über das Proletariat durch. Verständlich, daß die Revolution, soll sie namens der Mehrheit, doch gegen deren Willen »durchgeführt« werden, im Gegensatz zu den Musen einer Leibwache bedarf. In allen anderen Punkten aber ist der kommunistische Avantgarde-Begriff stringent. Was vorn ist, bestimmt ein für allemal eine unfehlbare Doktrin, und der Gegner, auf den sich ihr Vorstoß richtet, ist ausgemacht und realiter vorhanden.
Neben Lenins wohldefinierter Anwendung auf die Politik nimmt sich die Avantgarde-Vorstellung in den Künsten einigermaßen konfus aus. Am allerwenigsten leuchtet ihr kollektiver Zug ein. Natürlich wirken an einem historischen Prozeß viele mit, so viele, daß die Überlegung lächerlich wäre, aus wie vielen einzelnen eine Literatur zu einem gegebenen Zeitpunkt »bestünde«. Aber so wahr jede Literatur eine kollektive Anstrengung ist, so wenig ist sie unter dem Bild einer disziplinarisch organisierten Truppe zu begreifen, die auf eine Doktrin eingeschworen wäre. Jeder, der an ihm teilhat, verhält sich gleich unmittelbar zu dem Prozeß im Ganzen; seine Freiheit und sein Risiko kann er an keine Gruppe delegieren.

An sich enthält die Avantgarde-Metapher nicht den geringsten Hinweis auf eine revolutionäre oder auch nur revoltierende Absicht. Nichts ist auffallender als dieser Mangel. Denn noch jede Gruppe, die bisher von ihr Gebrauch gemacht hat, in den Künsten sowohl wie in der Politik, hat sich als Fronde verstanden und den Umsturz der bestehenden Verhältnisse proklamiert. Kein avantgardistisches Programm, das nicht gegen die Trägheit des bloß Vorhandenen protestiert und versprochen hätte, ästhetische oder politische Fesseln zu lösen, hergebrachte Herrschaft abzuwerfen, unterdrückte Kräfte in Freiheit zu setzen. Freiheit, revolutionär errungen, verheißen alle avantgardistischen Bewegungen. Diesem Anspruch, den er selber gar nicht ausdrückt, mehr als dem auf die Zukunft, mehr als dem, Elite zu bilden, verdankt der Begriff der Avantgarde sein Pathos. Auch in dieser Hinsicht hat Lenin ihn schärfer zu Ende gedacht als alle Schriftsteller und Maler. Wovon und auf welche Weise die kommunistische Avantgarde ihre Anhänger und alle andern befreien möchte, das leidet keinen Zweifel; ihren revolutionären Charakter wird ihr ärgster Feind nicht leugnen. Vage und verschwommen dagegen bleibt, welche Freiheit die Manifeste der Avantgarde in den Künsten meinen und was das Wort Revolution, so oft es darin auch erscheint, zu bedeuten hat. Allzuoft hören sich diese Manifeste zugleich großsprecherisch und harmlos an, so als wäre es ihnen nur darum zu tun, bürgerliche Konventionen zu verscheuchen, die ohnehin nichts weiter als Gespenster sind. Der Schrei nach absoluter Freiheit nimmt sich sonderbar aus, wenn es sich um die Frage handelt, ob man Fisch mit dem Messer essen darf oder nicht. Die Neigung zur revolutionären Rhetorik offenbart aber nicht nur die peripheren Blößen der Avantgarde, sie verdeckt ihre zentralen Aporien. Nur da, wo sie ihre Ziele und Methoden rücksichtslos formuliert, wie bei Lenin, kommen diese Aporien zum Vorschein.

Nicht anders als der Kommunismus in der Gesellschaft will Avantgarde in den Künsten Freiheit doktrinär durchsetzen. Ganz wie die Partei glaubt sie, als revolutionäre Elite, und das heißt als Kollektiv, die Zukunft für sich gepachtet zu haben. Aufs bestimmteste verfügt sie über das Unbestimmbare. Willkürlich diktiert sie, was morgen gelten soll, und unterwirft sich zugleich, diszipliniert und willenlos, dem Gebot einer Zukunft, die sie selber verhängt. Sie proklamiert als ihr Ziel die totale Freiheit und überläßt sich widerstandslos dem historischen Prozeß, der sie von eben dieser Freiheit erlösen soll.

Diese Aporien liegen im Begriff der Avantgarde selber. Sie lassen sich empirisch an allen Gruppen verifizieren, die sich auf ihn berufen haben; aber sie sind nie eklatanter zum Vorschein gekommen als an dem, was sich heute als Avantgarde ausstellt: am Tachismus, am *art informel* und an der monochromen Malerei; an der seriellen und der elektronischen Musik; an der sogenannten konkreten Dichtung und an der Literatur der *beat generation*[9]. Gemeinsam ist diesen »Bewegungen« die mehr oder weniger lauthals verkündete Überzeugung, »vorn« zu sein; ihr doktrinärer Zug; und ihre kollektive Verfassung. Daß ihre Namen im Laufe weniger Jahre zu Schlagworten, ja Warenzeichen geronnen sind, ist nicht nur auf ihr Einverständnis mit der Bewußtseins-Industrie zurückzuführen: als griffige Losung wurden diese Bezeichnungen von vornherein lanciert. Avantgardismus wird heute als gängige Münze über Nacht in Verkehr gebracht. Um so mehr Grund, die Prägung etwas genauer zu betrachten.

Jack Kerouac, dem Oberhaupt der Beatnik-Sekte, von seinen Anhängern als Holy Jack kanonisiert, ist die folgende Maxime zu verdanken, die er in seinem »Glaubensbekenntnis«, zugleich einer »Liste der unentbehrlichen Hilfsmittel« des Schriftstellers, niedergelegt hat: »Sei immer blödsinnig geistesabwesend!« Der Satz kann der landläufigen Serienproduktion des Tachismus, des *art informel*, des *action painting*, der konkreten Dichtung insgesamt, sowie einem guten Teil der neuesten Musik als Motto dienen. Kerouac fährt fort: »My

9 Diese Feststellung ist keine pauschale Abfertigung all dessen, was sich zu den erwähnten Gruppen rechnet oder zu ihnen gerechnet wird. In diesem Aufsatz kann sie nur an gewissen literarischen Erscheinungen präzisiert werden; eine Analyse der entsprechenden Sachverhalte in der Malerei und der Musik überschritte seine Kompetenz. Über *Das Altern der Neuen Musik* hat Theodor W. Adorno geschrieben. Der Aufsatz steht in der aktuellen Musikkritik durch seinen Scharfsinn und seine Kompromißlosigkeit durchaus einzig da. Er ist abgedruckt in dem Band *Dissonanzen. Musik in der verwalteten Welt.* Göttingen 1956. Zur Problematik des Informel vgl. Hans Platscheks vorzügliche *Versuche zur modernen Malerei: Bilder als Fragezeichen.* München 1962.

style is based on spontaneous get-with-it, unrepressed word-slinging ... Beseitige literarische, grammatische und syntaktische Hindernisse! Schlage so tief, wie du schlagen kannst! Visionäre Krämpfe durchzucken die Brust. Du bist allezeit ein Genie« 10. Mit so viel, sei's auch falscher, Naivität stellt sich die Avantgarde freilich nur zwischen New York und San Francisco bloß. Die harmlose Einfalt, mit der sie die Barbarei proklamiert, wirkt geradezu liebenswürdig im Vergleich zu ihrem europäischen Widerpart. Hier drückt sich Beliebigkeit in einem abgebrühten akademischen Jargon aus, der das Delirium als Seminararbeit auftischt: Die angebotenen Texte bilden »ein System von Worten, Buchstaben oder Zeichen, die erst einen Sinn durch den persönlichen Beitrag des Lesers bekommen ... Sie sind willkürlich in die 16 Richtungen der quadratischen Seite gesetzt und in zufälliger Folge zusammengenutet ..., besitzen Stringenz allein durch die Strudel der Bewegung und kraft der Zustimmung, die sie im Leser evozieren ..., münden bei konsequenter Durchführung ein in den schwarzen Stein, das letzte Stillstehen, als die nicht mehr zu steigernde, komplexe Bewegung. Sind damit konkrete Form,

10 *Unterwegs.* Roman. Hamburg 1959 (Umschlagtext); ferner *The New American Poetry 1945–1960.* Edited by Donald M. Allen. New York 1960. S. 439.
Der ästhetischen Beliebigkeit entspricht soziologisch die blinde Mobilität, die sich schon im Titel von Kerouacs Roman äußert: der Ortswechsel als Selbstzweck; ferner eine programmatisch geforderte Promiskuität und Obsession mit dem Gebrauch von Narkotika. Die Kehrseite dieser anarchischen Attitüde ist der strenge Kodex, dem sich die Angehörigen der Gruppe unterwerfen müssen. Zwischen ihnen und den Außenstehenden, den sogenannten *squares,* wird streng unterschieden. Norman Mailer, der sich der Bewegung angeschlossen hat, ist eine Aufstellung ihrer wichtigsten Regeln in handlicher Tabellenform zu verdanken. Diese Vorschriften erstrecken sich unter anderm auf die Kleidungsstücke, Philosophen, Speiselokale und Jazzmusiker, die der *hipster* zu bevorzugen hat. Dieser Kodex ist durchaus ernst gemeint; Mailer läßt sich keinerlei Ironie zuschulden kommen. Mit der gleichen Konsequenz zelebriert die Gruppe ihre eigens erfundene Geheimsprache, deren Ausdrücke als Losung fungieren. Hier ist keine Abweichung erlaubt, und das »hemmungslose Herumschleudern von Worten« wird zum fixen Ritual.

ununterbrochen zentrierter Punkt, objektiver Bestand an Natur (als materia-l sine qua non) ahne warumbe«[11].
Das liest sich wie eine Übersetzung von Kerouacs Katechismus ins okzidentale Kultur-Rotwelsch. Der Übersetzer hält sich strikt an die Vorschriften des Originals, das zwar mit Bildungsresten geschmückt wird, dessen intellektueller Dürftigkeit er aber durchaus die Treue hält. Die zum Selbstzweck erhobene Mobilität kehrt als »Strudel der nicht mehr zu steigernden, komplexen Bewegung« wieder, und die »visionären Krämpfe« werden zum »schwarzen Stein ahne warumbe«. In beiden Fällen erfordert die Mystifikation »konsequente Durchführung«, und die Vorschrift: »Sei immer blödsinnig geistesabwesend« nimmt Stringenz für sich in Anspruch. Eine Vorstellung davon, welche Möglichkeiten diese Avantgarde eröffnet, gibt der folgende »Text«:

ra ra ra ra ra ar ra ra ra ra ar ar er ir
ra ra ra ra ar ar ar ka ra ra ar ar ar er
ra ra ra ar ar ar ak af ka ra ar ar ar ra
ra ra ar ar ar ak af ab af ka ar ar ra ra
ra ar ar ar ak af ab af ab af ak ra ra ra[12]

Dieses Resultat steht nicht einzig da. Werke von gleicher Beschaffenheit stehen in solcher Zahl zur Verfügung, daß es ungerecht wäre, den Urheber des Beispiels zu nennen, obwohl er sich durch seine Produktion bereits einen gewissen Namen gemacht hat. Da sie indessen von den Hervorbringungen seiner Weggenossen kaum zu unterscheiden ist, kommt als Autor, sofern dieses Wort noch anwendbar ist, eher das Kollektiv in Betracht: in solchen Texten stellt die Garde sich selber her. Auf den ersten Blick ist zu sehen (und dies allein rechtfertigt den Abdruck eines Musters), daß sie die soziologischen Aporien der Avantgarde recht genau formal wiederholen; ja sie er-

11 *material* I, Darmstadt 1958.
12 a.a.O.

schöpfen sich geradezu in ihrer Reproduktion. Beliebigkeit erscheint als Doktrin, Regression als Fortschritt. Die Milchmädchen-Rechnung gibt sich als Delirium, der Quietismus als Aktion, der Zufall als Vorschrift.

Daß diese Charakteristik nicht nur für die »konkrete Dichtung« und für die Literatur der *beat generation* gilt, sondern für die selbsternannte Avantgarde in allen Künsten, zeigt ein internationales Album, in dem sie sich selbst darstellt und das »Bericht, Dokumentation, Analyse und Programm zugleich« zu sein beansprucht[13]. Es enthält eine Liste ihrer zentralen Begriffe und Kategorien, die für Literatur und Malerei, Musik und Plastik, Film und Architektur (soweit solche Unterscheidungen noch zugelassen werden) gleichermaßen gelten sollen. Hervorzuheben sind die folgenden: Improvisation, Zufall, Ungenauigkeitsmoment, Austauschbarkeit, Unbestimmtheit, Leere; Reduktion zur reinen Bewegung, reine Aktion, absolute Bewegung, Motorik, *mouvement pur*. Die willkürliche, blinde Bewegung ist der leitende Begriff des ganzen Albums; das geht schon aus seinem Titel hervor. Er ist insofern konsequent, als die Avantgarde von jeher auf Bewegung aus war, nicht nur im geschichtsphilosophischen, sondern auch im soziologischen Sinn. Jede ihrer Gruppen glaubte nicht nur eine Phase im historischen Prozeß vorwegzunehmen, sie verstand sich auch jeweils selbst als Bewegung, *mouvement*. In beiderlei Verstand proklamiert sich diese Bewegung nun als Selbstzweck. Die Verwandtschaft mit den totalitären Bewegungen liegt auf der Hand, deren Zentrum, wie Hannah Arendt nachgewiesen hat, eben die leere Motorik ist, die durchaus willkürliche, ja manifest absurde ideologische Forderungen aus sich heraus- und realiter durchsetzt[14]. Kerouacs Forderung: »Schlage so tief, wie du schlagen kannst!« ist nur deshalb völlig harmlos, weil sie sich gegen die Literatur richtet,

13 *Movens. Dokumente und Analysen zur Dichtung, bildenden Kunst, Musik, Architektur.* In Zusammenarbeit mit Walter Höllerer und Manfred de la Motte herausgegeben von Franz Mon. Wiesbaden 1960.

14 *Elemente und Ursprünge totaler Herrschaft.* Frankfurt 1958.

und weil die Literatur, wie alle Künste, von seinesgleichen nicht terrorisiert werden kann. Auf die Politik übertragen könnte sie jeder faschistischen Organisation als Wahlspruch dienen. Die ohnmächtige Avantgarde muß sich damit begnügen, ihre eigene Produktion auszulöschen. Folgerichtig stellt der japanische Maler Murakami einen großen, bemalten Papierschirm her, der für sein Werk des »mehrere Löcher in einem Augenblick Schlagens« bestimmt ist: »Das Werk von Murakami machte ein mächtiges Getöse, als es durchschlagen wurde. Sechs Löcher wurden durch den starken achtfachen Papierschirm gerissen. Dies geschah mit einer solchen Geschwindigkeit in eben einem Augenblick, daß die Kameramänner [!] den Augenblick verpaßten. Als die sechs Löcher da waren, hatte er einen Anfall von Blutleere im Gehirn. ›Ich wurde ein neuer Mensch seitdem‹, murmelte er später« 13.
Zur Annahme obskurer Heilslehren neigen alle avantgardistischen Gruppierungen. Bezeichnend ist ihre Wehrlosigkeit gegenüber dem Zen-Buddhismus, der sich innerhalb weniger Jahre unter Verfassern, Malern und Musikern dieses Schlages rapide ausgebreitet hat. In seiner importierten Form dient der Zen-Buddhismus dazu, der blinden Aktion zu einer okkulten, quasi-religiösen Weihe zu verhelfen. Die Lehre ist in Beispielen, sogenannten *mondo*, überliefert. Die Pointe der bekanntesten Exempel besteht darin, daß metaphysische Fragen eines Jüngers vom Meister mit Stockschlägen oder Ohrfeigen beantwortet werden. Auch die »Aktion« Murakamis kann als Zen-Beispiel betrachtet werden. Sie weist auf die latente Gewalttätigkeit der avantgardistischen »Bewegungen« hin, die sich freilich zuallererst gegen das »Material« richtet, mit dem sie es zu tun haben: blindlings geschleudert werden Farben, Töne und Wortstümpfe, nicht Molotow-Cocktails oder Handgranaten.
Die Kehrseite dieser Anfälligkeit für extrem irrationale, vorgeblich mystische Lehren ist die gleichermaßen extreme Wissenschaftsgläubigkeit, die von der Avantgarde zur Schau getragen wird. Die Beliebigkeit ihrer »Aktionen« gibt sich stets

exakt. Diesen Eindruck versucht sie mit Hilfe einer Terminologie zu erwecken, die aus den verschiedensten Disziplinen zusammengeklaubt ist. Neben Leere und absoluter Bewegung finden sich Stichworte wie die folgenden: Konstellation, Materialstruktur, Korrelogramm, Koordination, Rastermodulation, Mikroartikulation, Phasenverschiebung, Autodetermination, Transformation, und so weiter und so fort. Ein Laboratoriumskittel verhüllt die von visionären Krämpfen durchzuckte Brust; und was die Avantgarde hervorbringt, seien es Gedichte, Romane, Bilder, Filme, Bauten oder Musikstücke, ist und bleibt »experimentell«.

Das »Experiment« als ästhetischer Begriff ist längst in den Sprachschatz der Bewußtseins-Industrie eingegangen. In Umlauf gebracht von der Avantgarde, verwendet als Beschwörungsformel, abgegriffen und unaufgeklärt, sucht es Tagungen und Kulturgespräche heim und setzt sich in Rezensionen und Essays fort. Das obligatorische Adjektiv ist »kühn«; wahlweise ist auch das schmückende Beiwort »mutig« erlaubt. Die bescheidenste Überlegung zeigt, daß es sich um einen simpeln Bluff handelt.

Experimentum bedeutet »das Erfahrene«. In den modernen Sprachen bezeichnet das lateinische Wort ein wissenschaftliches Verfahren zur Überprüfung von Theorien oder Hypothesen durch die methodische Beobachtung von Naturvorgängen. Der aufzuklärende Vorgang muß isolierbar sein. Sinnvoll ist ein Experiment nur, wenn die auftretenden Variabeln bekannt sind und begrenzt werden können. Als weitere Bedingung tritt hinzu: jedes Experiment muß nachprüfbar sein und bei seiner Wiederholung stets zu ein und demselben, eindeutigen Resultat führen. Das heißt: ein Experiment kann gelingen oder scheitern nur im Hinblick auf ein vorher genau definiertes Ziel. Es setzt Überlegung voraus und beinhaltet eine Erfahrung. Keineswegs kann es Selbstzweck sein: sein inhärenter Wert ist gleich Null. Halten wir noch fest, daß ein echtes Experiment mit Kühnheit nichts zu tun hat. Es ist ein sehr einfaches und unentbehrliches Verfahren zur Erforschung von

Gesetzmäßigkeiten. Es erfordert vor allem Geduld, Scharfsinn, Umsicht und Fleiß.

Bilder, Gedichte, Aufführungen genügen diesen Bedingungen nicht. Das Experiment ist ein Verfahren zur Herstellung wissenschaftlicher Erkenntnisse, nicht zur Herstellung von Kunst. (Selbstverständlich kann jede Veröffentlichung als ökonomisches und soziologisches Experiment betrachtet werden. Unter diesem Aspekt lassen sich Gelingen und Scheitern recht exakt feststellen, und die meisten Verleger, Kunsthändler und Intendanten zögern nicht, daraus die Theorie und Praxis ihrer Unternehmungen abzuleiten. Freilich ist, so betrachtet, Karl May ebenso experimentell wie Jack Kerouac. Der Unterschied beider Experimente liegt im Resultat, das heißt in den Auflageziffern. Daß solche Experimente ästhetisch relevant sind, kann bezweifelt werden.) Das Experiment als Bluff kokettiert zwar mit der wissenschaftlichen Methode und ihren Ansprüchen, denkt aber nicht daran, sich ernstlich mit ihr einzulassen. 15 Es ist voraussetzungslose »reine Aktion«; irgendwelche Absichten sind ihm nicht zu unterschieben. Methode, Nachprüfbarkeit und Stringenz spielen keine Rolle. Je weiter sie sich von jeder Erfahrung entfernen, desto »experimenteller« sind die Experimente der Avantgarde.

Damit ist erwiesen, daß dieser Begriff unsinnig und unbrauchbar ist. Zu erklären bleibt, was ihn so beliebt macht. Das ist nicht schwer zu sagen. Ein Biologe, der ein Experiment an einem Meerschweinchen vornimmt, kann für dessen Verhalten nicht verantwortlich gemacht werden. Er hat nur dafür zu haften, daß die Versuchsbedingungen einwandfrei eingehalten werden. Das Resultat liegt nicht in seiner Hand; der Experi-

15 Auszunehmen sind hier die Experimente, die Max Bense und seine Schüler mit Hilfe von elektronischen Rechenanlagen angestellt haben. Diese Versuche genügen wissenschaftlichen Ansprüchen. Begriffe aus der Kombinatorik und der Wahrscheinlichkeitsrechnung werden hier sinnvoll verwendet. Ob die dabei hergestellten »stochastischen Texte« als ästhetische Gegenstände gelten können, ist eine Definitionsfrage. Vgl. *Augenblick*, 4. Jg., 1. Heft. Siegen 1959.

mentator ist geradezu verpflichtet, in den Vorgang, den er beobachtet, so wenig wie irgend möglich einzugreifen. Eben die moralische Immunität, die er genießt, sagt der Avantgarde zu. Sie ist zwar keineswegs bereit, sich an die methodischen Forderungen zu halten, denen der Wissenschaftler sich unterwirft. Sie möchte sich jeder Haftung, sowohl für ihr Verfahren als auch für ihre Resultate, entziehen. Dies hofft sie zu erreichen, indem sie sich auf den »experimentellen« Charakter ihrer Arbeit beruft. Die Anleihen, die sie bei der Wissenschaft macht, dienen ihr als Ausrede. Mit der Bezeichnung »Experiment« entschuldigt sie ihre Ergebnisse, nimmt ihre »Aktionen« gleichsam zurück und schiebt jede Verantwortung dafür auf den Empfänger ab. Jede Kühnheit ist ihr recht, solange ihr nichts passieren kann. Der Begriff des Experiments soll sie gegen das Risiko aller ästhetischen Produktion versichern. Er dient als Handelsmarke und Tarnkappe zugleich.

Was hier untersucht wird, sind die Aporien der Avantgarde, ihr Begriff, ihre Voraussetzungen und Attitüden. Eine solche Analyse zeigt, daß alle Ansprüche, die namens der konkreten Dichtung, der *beat generation*, des Tachismus und anderer heutiger Avantgarde-Gruppierungen kollektiv erhoben werden, samt und sonders hinfällig sind. Dagegen kann sie keineswegs dazu dienen, die Produktion solcher Gruppen in Bausch und Bogen abzuurteilen. Sie stellt doktrinären Schwindel nicht bloß, um ihm ihrerseits zu verfallen. Kein einziges Werk ist zu widerlegen mit dem Hinweis darauf, daß sein Urheber sich zu der oder jener Garde geschlagen habe, und noch das dümmste ästhetische Programm macht nicht *eo ipso* die Potenz derer zunichte, die es unterschreiben. Wer die terminologischen Tricks und die doktrinären Paravents zerstört, mit denen die heutige Avantgarde sich zu decken sucht, erspart sich damit nicht die kritische Prüfung dessen, was sie hervorbringt: er macht eine solche Prüfung allererst möglich. Auf ihr ist um so entschiedener zu bestehen, je avancierter ein Werk sich gibt; und je eifriger es sich auf ein Kollektiv beruft, desto eher muß es sich als einzelnes behaupten. Jeder Heimatfilm verdient mehr Schonung als eine Avantgarde, die zugleich arrogant das kritische Urteil überrumpeln und ängstlich die Verantwortung für ihre eigene Arbeit loswerden möchte.

Die Aporien, die ihn zerrissen und den Hochstaplern überliefert haben, hat der Begriff der Avantgarde von jeher in sich getragen. Nicht erst Mit- und Nachläufer haben sie eingeschleppt. Schon das erste futuristische Manifest von 1909, eines der frühesten Dokumente organisierter »Bewegung«, macht den »dynamisme perpetuel« zum Selbstzweck: »Wir leben«, schreibt Marinetti, »bereits im Absoluten: wir haben die permanente und allgegenwärtige Geschwindigkeit geschaffen ... Wir rühmen die aggressive Bewegung, die fieberhafte Schlaflosigkeit, den Sturmschritt, die Ohrfeige und den Faustschlag über alles ... Es gibt keine Schönheit außer der des Kampfes ... Nur am Krieg kann die Welt gesunden.« (Der letzte Satz im Original: »La guerre seule hygiène du monde.«) [16]

Im Futurismus hat die Avantgarde sich zum erstenmal als doktrinärer Clan organisiert, und sie hat schon damals die blinde Aktion und die offene Gewalt gepriesen. Daß der Kern der Bewegung 1924 kollektiv ins faschistische Lager überlief, ist kein Zufall. Formal haben die Futuristen, nicht anders als ihre Nachfahren, die Beseitigung aller »literarischen, grammatischen und syntaktischen Hindernisse« verlangt. Sogar das unverbundene Miteinander von Pseudo-Mathematik und zweifelhafter Mystik findet sich bereits bei ihnen. Die Maler der Bewegung haben 1912 erklärt, sie wollten »nach einem Gesetz ihrer inneren Mathematik die Emotionen des Betrachters stärken«; auch von Visionen und Ekstasen ist die Rede. In den futuristischen Texten tauchen neben okkulten Beschwörungsformeln und chaotischen Sprachtrümmern mathematische Formeln auf. [17] Der Katechismus der Avantgarde von

16 Abgedruckt bei A. Zervos, *Un demi-siècle d'art italien.* Paris 1950.

17 Vgl. *Poeti futuristi.* Herausgegeben von Filippo Tommaso Marinetti. Mailand 1912.

1961 enthält so gut wie keinen Satz, der nicht fünfzig Jahre früher von Marinetti und den Seinen formuliert worden wäre. Nur nebenbei sei vermerkt, daß die wenigen bedeutenden Autoren der Bewegung sie kurz nach der Veröffentlichung der ersten Manifeste verlassen haben, und daß diese Manifeste die einzigen Texte sind, die vom Futurismus geblieben sind.

Eine extensive Untersuchung der zahllosen avantgardistischen Kollektive aus der ersten Hälfte des zwanzigsten Jahrhunderts ist hier weder möglich noch geboten. Die Rolle der meisten wird überschätzt. Literatur- und Kunsthistoriker, die bekanntlich leidenschaftlich gern »Strömungen« und Ismen aufzählen, weil sie das der Sorge ums Detail enthebt, haben allzuviele derartige Gruppennamen für bare Münze genommen, statt sich ans einzelne jeweiliger Werke zu halten; ja sie haben sogar *a posteriori* solche Bewegungen gleichsam erfunden. So wurde der deutsche Expressionismus zu einer kollektiven Erscheinung hypostasiert, die es in Wirklichkeit gar nicht gegeben hat: viele Expressionisten haben das Wort Expressionismus, von Hermann Bahr 1914 in die Literatur eingeführt, nie in ihrem Leben gehört; Heym und Trakl sind gestorben, ehe es aufkam; Gottfried Benn hat noch 1955 erklärt, er wisse nicht, was darunter zu verstehen sei[18]; Brecht und Kafka, Döblin und Jahnn haben sich nie einer »Bewegung angeschlossen«, die diesen Namen geführt hätte. Jeder Historiker kann für sich das Recht in Anspruch nehmen, Erscheinungen zu bündeln und Vielfältiges unter einem Namen zusammenzufassen, aber unter der Bedingung, daß er seine Hilfskonstruktionen nicht mit der Realität verwechselt, zu deren Darstellung sie dienen sollen.

Im Gegensatz zum Expressionismus war der Surrealismus von Anfang an ein kollektives Unternehmen, das über eine ausgebildete Doktrin verfügte. Alle früheren und späteren Gruppierungen wirken, mit ihm verglichen, armselig, dilettantisch

18 In seiner Einleitung zu der Anthologie *Lyrik des expressionistischen Jahrzehnts*. Wiesbaden 1955.

und unartikuliert. Der Surrealismus ist das Paradigma, das vollkommene Modell aller avantgardistischen Bewegungen. Er hat deren Möglichkeiten und Begrenzungen ein für allemal zu Ende formuliert und alle Aporien entfaltet, die solchen Bewegungen innewohnen.

»Allein das Wort Freiheit kann mich noch begeistern. Ich halte es für geeignet, den alten menschlichen Fanatismus noch auf unbestimmte Zeit aufrechtzuerhalten.« Mit diesen Worten eröffnet André Breton im Jahre 1924 das erste surrealistische Manifest [19]. Am Verlangen nach absoluter Freiheit kristallisiert sich, wie immer, die neue Doktrin. Das Wort Fanatismus deutet bereits darauf hin, daß diese Freiheit nur um den Preis einer absoluten Disiziplin erworben werden kann: innerhalb weniger Jahre spinnt sich die surrealistische Garde in einen Kokon von Vorschriften ein. Je strikter die Bindung an das Kollektiv, um so blinder die »reine Aktion«: »Die einfachste surrealistische Tat besteht darin«, so ist bei Breton zu lesen, »mit Revolvern in der Hand auf die Straße zu gehen und solange wie möglich blind in die Menge zu schießen.« Es sollten noch einige Jahre vergehen, bis diese Maxime in Deutschland verwirklicht wurde; immerhin kam Salvador Dalí schon vor Ausbruch des Zweiten Weltkrieges zu der Erkenntnis: »Hitler ist der größte Surrealist.« [20]

Längst vor der Machtübernahme dieses Surrealisten hatten ihre innern Aporien die Bewegung gesprengt. Ihre Soziologie wäre einer eingehenderen Betrachtung wert. Ende der zwanziger Jahre erreichten die Intrigen, Abfallserklärungen, Strei-

19 Zitiert nach: *Surrealismus. Texte und Kritik.* Herausgegeben von Alain Bosquet. Berlin 1950.

20 Zu den latenten totalitären Zügen der Avantgarde-Bewegungen äußert sich Hannah Arendt in dem bereits erwähnten Werk *Elemente totaler Herrschaft*, besonders in dem Kapitel über Mob und Elite, S. 90 ff. Selbstverständlich waren die gelegentlichen Sympathien der Avantgarde für die totalitären Bewegungen durchaus einseitig, wie das futuristische Beispiel in Italien und Rußland zeigt. Sie fanden keine Gegenliebe, und bald wurde die moderne Kunst, avantgardistisch oder nicht, insgesamt auf den Index gesetzt.

tereien und »Reinigungen« innerhalb der Gruppe, die es von Anfang an gegeben hatte, ihren Höhepunkt. Ihre Entwicklung zu einer bornierten Sekte wirkt lächerlich und tragisch zugleich; sie ist durch die Tatkraft und den Opfermut ihrer Angehörigen nicht aufzuhalten, weil sie notwendig aus den Voraussetzungen der Bewegung folgt[21]. Ihr Oberhaupt nimmt mehr und mehr die Züge eines Papstes der Revolte an; er sieht sich gezwungen, seine Mitstreiter, einen nach dem andern, feierlich zu exkommunizieren. Zuweilen kommt es zu regelrechten Schauprozessen, die sich im Rückblick wie unblutige Parodien der späteren stalinistischen Säuberungen ausnehmen. Bei Ausbruch des Zweiten Weltkrieges hat die surrealistische Bewegung ihre bedeutenden Köpfe ohne Ausnahme verloren: Artaud, Desnos, Soupault, Duchamps, Aragon, Eluard, Char, Queneau, Leiris und viele andere haben ihr den Rücken gekehrt. Seitdem fristet die Gruppe ein Schattendasein.
Die linientreue surrealistische Literatur ist verblaßt und vergessen; die genannten Autoren haben, mit Ausnahme Bretons, nichts Nennenswertes hervorgebracht, solange sie sich der Disziplin der Gruppe unterwarfen. Dem Surrealismus war eine enorme Wirkung beschieden, aber er ist nur in denen produktiv geworden, die sich von seiner Doktrin befreit haben[22].
Wir sehen keinen Grund, sein Scheitern hämisch auszurufen. Jeder Rückblick auf eine Avantgarde, deren Zukunft bekannt ist, hat leichtes Spiel. An den historischen Erfahrungen des Surrealismus hat heute jeder teil. Niemand hat das Recht, ihm mit Schadenfreude oder Besserwisserei zu begegnen; dagegen ist es unsere Pflicht, aus seinem Untergang die Konsequenzen zu ziehen. Das Gesetz der zunehmenden Reflexion ist unerbittlich. Wer sich ihm zu entziehen versucht, endet im Ausverkauf der Bewußtseins-Industrie. Jede heutige Avantgarde ist Wiederholung, Betrug oder Selbstbetrug. Die Bewegung als

21 Die Einzelheiten dieser Entwicklung schildert Maurice Nadeau in seiner *Histoire du Surréalisme*. Paris 1948.

22 Vgl. Maurice Blanchots *Réflexions sur le surréalisme*, in: *La part du Feu*, Paris 1949.

doktrinär verstandenes Kollektiv, vor fünfzig oder dreißig Jahren erfunden, um den Widerstand einer kompakten Gesellschaft gegen die moderne Kunst zu sprengen, hat die historischen Bedingungen, die sie hervorgerufen haben, nicht überlebt. Konspiration im Namen der Künste ist nur möglich, wo sie unterdrückt werden. Eine Avantgarde, die sich staatlich fördern läßt, hat ihre Rechte verwirkt.

Die historische Avantgarde ist an ihren Aporien zugrundegegangen. Sie war fragwürdig, aber sie war nicht feige. Nie hat sie sich durch die Ausrede zu sichern versucht, was sie betreibe, sei nichts weiter als ein »Experiment«; nie hat sie sich wissenschaftlich getarnt, um für ihre Resultate nicht einstehen zu müssen. Das unterscheidet sie von jener Gesellschaft mit beschränkter Haftung, die ihre Nachfolge angetreten hat; das macht ihre Größe aus. Im Jahre 1942, als außer ihm niemand mehr an den Surrealismus glaubte, erhob Breton seine Stimme gegen »alle diejenigen, die nicht wissen, daß es in der Kunst keinen großen Aufbruch gibt, der sich nicht unter Lebensgefahr vollzieht, daß der einzuschlagende Weg ganz offensichtlich nicht durch eine Brustwehr geschützt ist, und daß jeder Künstler allein auf die Suche nach dem Goldenen Vlies ausziehen muß«.

Hier wird für keinen »mittleren Weg« plädiert und keiner Kehrtwendung das Wort geredet. Der Weg der modernen Künste ist nicht reversibel. Auf das Ende der Neuzeit, auf Bekehrungen und »Re-Integrationen« mögen sich andere Hoffnung machen. Nicht daß sie zu weit ginge, ist der heutigen Avantgarde anzukreiden, sondern daß sie sich die Hintertüren offen hält, an Doktrinen und Kollektiven Rückhalt sucht und ihrer eigenen, längst von der Geschichte erledigten Aporien nicht innewird. Sie handelt mit einer Zukunft, die ihr nicht gehört. Ihre Bewegung ist Regression. Avantgarde ist zu ihrem Gegenteil, ist zum Anachronismus geworden. Das unscheinbare, grenzenlose Risiko, von dem die Zukunft der Künstler lebt – sie trägt es nicht.

Die Furien des César Vallejo

Santiago de Chuco liegt dreitausendeinhundertundfünfzehn Meter hoch über dem Meer, in einem entlegenen Seitental der peruanischen Cordillera. Eine schmale, staubige Landstraße war vor siebzig Jahren die einzige Verbindung des Ortes mit der Außenwelt. Sie ist es heute noch; über ihre endlosen Haarnadelkurven kriechen die Lastwagen, die das Erz aus den primitiven Kupferminen, den Blei- und Wolframgruben der Provinz zur Endstation der Stichbahn bringen, die fast hundert Kilometer weit talwärts liegt. Die Bahn führt zu einem kleinen Erzhafen an der pazifischen Küste. Auch das Schlachtvieh von Santiago de Chuco wird dort verladen, der Weizen, der Schinken und der Käse; dazu ein paar Kisten voll Strohwerk, Sattler- und Töpferarbeit. Davon leben die Einwohner von Santiago; heute sind es viertausend, gegen Ende des neunzehnten Jahrhunderts waren es halb soviel. Die Reise nach Lima ist weit, sie dauert vier bis fünf Tage; die Hauptstadt liegt fünfhundert Kilometer weit im Süden. Während der Regenzeit gleicht Santiago einer Falle: die einzige Landstraße ist dann wochenlang unpassierbar. Nur vierzehn Häuser haben elektrisches Licht, die allermeisten sind ohne Trinkwasser und Kanalisation. Auf den engen, wirr ineinandergeschachtelten Dächern der Stadt – denn als Stadt fühlt sich Santiago – wächst Gras. Das nächste Telefon steht in Otuzco. Ein guter Reiter kann es in zwei Tagen erreichen.

César Vallejo hat seinen Geburtstag nie gefeiert. Er wußte zeit seines Lebens nicht, wie alt er war. Eine zulängliche Biographie gibt es nicht; sie wird nie geschrieben werden. Weite Strecken dieses legendären und exemplarischen Daseins werden immer in jenem Dunkel liegen bleiben, in dem Vallejo gelebt hat: die im Dunkeln sieht man nicht.

Als sein Name nach dem Zweiten Weltkrieg, nach zehnjähriger Vergessenheit, in einem jähen Nachruhm aufleuchtete, der ihn zuerst über Lateinamerika, dann über die ganze Welt getragen hat, machten sich die Literaturhistoriker des Kontinents an die Arbeit. Schon das erste Datum, mit dem sie es zu tun hatten, zeigte sich widerspenstig. Zwischen 1892 und 1898 schwanken die Angaben über Vallejos Geburtsjahr. Ein zäher Gelehrtenstreit, geführt mit scharfsinnigen Hypothesen, komischer Akribie und pedantischer Erbitterung, heftete sich an dieses Detail; man scheint sich heute auf das Jahr 1892 geeinigt zu haben. Über Tag und Monat aber hadert die Vallejo-Forschung bis heute mit einem Eifer, der astrologisch anmutet. Es ist, als hätte sie sich von ihrem Gegenstand anstecken lassen, als wäre sie vom Dämon jenes Aberglaubens ironisch heimgesucht, den Vallejo, der Atheist, nie aus seinem Gemüt zu vertreiben vermocht hat.
Er war ein Mestize wie die Mehrzahl seiner Landsleute, wie fast alle Einwohner Santiagos. Seine Großmütter waren Indianerinnen vom Stamm der Quechua, seine Großväter aber zwei spanische Priester: Vallejos Stammbaum ist der Stammbaum Perús. Sein doppeltes Erbe hat er nie verleugnet.
Aufgewachsen ist er als der Jüngste von elf Geschwistern im Hause seines Vaters, der ein geringer Verwaltungsbeamter war. Dort war das Leben arm, patriarchalisch, nüchtern, doch nicht ohne Anstand und Wärme. So, zwischen Entbehrung und Würde, Ehrbarkeit und Bedrückung, hat das vorindustrielle Kleinbürgertum, bevor es aufgeschwemmt oder zermalmt wurde, überall, auch in den peruanischen Anden, gelebt.

Mit neunzehn Jahren tauchte er in den Städten auf. »Er glich einem entblätterten Baum«, sagen seine Freunde, und auf alten Fotografien sieht man einen melancholischen jungen Mann, mager, sehr dunkelhäutig, dunkel gekleidet, über dem steifen weißen Kragen eine weiche, pechschwarze, riesige Mähne, das Profil stark und hieratisch, die Hände groß, kalt

und knotig, das Gesicht beherrscht von großen schwarzen Augen, glänzend wie Tollkirschen.
Erst in Trujillo, dann in Lima studiert er Literatur und Jurisprudenz. Er zieht in das erste jener elenden Hotels ein, in denen er bis zu seinem Tod leben wird; sein Anzug glänzt, er ist zu oft gebügelt worden; er hat kein Geld. Sein Brot verdient er sich als Volksschullehrer, ab und zu hilft er in einer Zuckerfabrik. Die Salons öffnen sich ihm nicht. Hinter den zauberhaften Fassaden aus der Kolonialzeit ist die triste Arroganz einer anachronistischen Aristokratie zu Hause; der schöne Wappen- und Gitterschmuck der Stadthäuser deckt den bornierten Feudalismus, der Perú regiert. Der Provinzler aus Santiago kommt in die Hauptstadt und findet die Provinz noch einmal, matter und unbarmherziger. Die Universität: ein Museum der kulturellen Verzögerung. Descartes gilt als die avancierteste Position des Rationalismus, Auguste Comte als Ausbund der Gewagtheit und Proudhon als satanischer Ketzer. Hoffnungslos wie die Verhältnisse ist der Widerspruch, der sich gegen sie erhebt: die Bohème von Trujillo und von Lima. Wie ein skandalöses Gerücht vernehmen die akademischen Proletarier des Landes die Stimmen Verlaines und Baudelaires. Sie lesen Whitman, Julio Herrera y Reissig und den Propheten der modernen lateinamerikanischen Poesie, Rubén Darío aus Nicaragua, an dessen lyrische Schattenschwäne, Gold- und Elfenbeintöne mancher Vers in Vallejos erstem Buch erinnert. Bohème aus zweiter Hand, unfruchtbar und ohne Ausweg ... Nichts erinnert an ihre vergessenen literarischen Duelle, an ihre betrunkenen Eskapaden, ihre erotischen Abenteuer und ihre Selbstmordversuche. Nur ein Smith & Wesson-Revolver, der sein Ziel verfehlt hat, geistert durch die Erinnerungen seiner Zeitgenossen an Vallejos traurige Jugend.

Um das Jahr 1915 gab es in Perú, wie in allen südamerikanischen Ländern, Dichter zu Hunderten. Damals wie heute zählte die Literatur dort zu den bevorzugten Gesellschaftsspielen. Aber gab es überhaupt eine spezifisch peruanische Literatur? Sie war ein Gespenst. Freilich fehlte es an Versuchen nicht, dem epigonalen Wust, der Imitation europäischer Muster etwas Eigentümliches entgegenzusetzen: *indigenismo* hieß die Parole derer, die es versuchten, das will heißen: eingeborene Literatur. Auch sie war, ohne es zu wissen, ein Derivat europäischer Ideen von Rousseau bis Wundt, nämlich folkloristische Geisterbeschwörung. Der Indio diente ihr als Ornament, das präkolumbianische Zeitalter als Dekor, das Besondere des eigenen Landes als exotischer Reiz à la *Salammbô*.

Als im Jahr 1918 *Die schwarzen Boten* in Lima erschienen, ein Buch (und vielleicht das erste), das wahrhaft Stoff vom Stoff und Geist vom Geist dieses Landes ist, erkannte sich Perú in ihm nicht wieder. Diese Gedichte erschienen trotz der modischen Spuren von Symbolismus, die sich darin finden, fremd und erratisch in den Konventikeln der Hauptstadt. Gerade seine eingeborenen Züge machten sie unkenntlich: ihr grenzenloser, ganz und gar unliterarischer, nämlich indianischer Pessimismus, ihre amorphe und chaotische Stärke, ihre Besessenheit vom Leben der unbelebten Dinge, der animistische Rest, altertümlich und neu. Gewiß, Vallejo spricht die Sprache des Aberglaubens, die Sprache der zerbrochenen Spiegel, der erlöschenden Kerzen, der flüsternden Meerschweinchen. Die Welt voller Zeichen: die Eule auf dem Dach, das Salz auf dem Tisch, der schwarze Karren auf dem Weg, der Hanf, die Glokken, die Spinnen sind Figuren in einem Buch der Natur, das seiner Entzifferung harrt. Vallejo liest darin und schreibt; es wird erzählt, er habe sich als Kind die Mitra gewünscht. Ein Bischof ist nicht aus ihm geworden, aber ein Augur, halb Medizinmann, halb Prophet.

Er ist ein Opfer seiner Ahnungen; von seinem Unheil scheint er zu wissen, längst ehe es eintrifft. Im Juli 1920 kehrt Vallejo nach Santiago zurück, um seine Eltern zu sehen und die Fiesta zu feiern. Er gerät in eine jener blutrünstigen Kabalen, an denen die große und die kleine Politik Lateinamerikas es nie hat fehlen lassen: ein obskurer Skandal, ein korrupter Bürgermeister, betrunkene Gendarmen, eine erregte Menge, ein paar Schüsse, ein paar Kannen Petroleum, schließlich Verhöre, Steckbriefe und Haftbefehle. Neunzehn Einwohner von Santiago werden wegen Raub, Mord, Brandstiftung und Aufruhr angeklagt, unter ihnen César Vallejo. Er flieht und verbirgt sich, er wird ergriffen, ins Gefängnis von Trujillo gebracht und hundertdreißig Tage lang ohne Prozeß gefangengehalten. Dann wird er wegen erwiesener Unschuld freigelassen, das Verfahren schleppt sich noch bis 1929 fort und verliert sich dann im Staub der Akten.

Vom Trauma dieser Erfahrung hat sich Vallejo sein Leben lang nicht befreien können. Eine poetische Ungerechtigkeit liegt darin, daß er, der jede Ordnung, die er fand, als scheinhaft und betrügerisch verwarf, wegen eines Aufruhrs verfolgt wurde, an dem er unschuldig war. Mit dem unverbindlichen Widerspruch der Bohème war es vorbei; aber es ist, als hätte er die anarchistische Revolte nicht gewählt, sondern erduldet. Er ergriff sie nicht, er ertrug sie mit dem abgrundtiefen Fatalismus seiner Rasse.

Das geistige Klima Perús hatte sich zu Anfang der zwanziger Jahre verändert. Die Unruhe Europas war bis in die ferne Echokammer der Provinz gedrungen. Die aufgeweckten jungen Leute von Lima fingen an, von allerlei neuen Ismen zu sprechen: hie Ultraísmo und Creacionismo, hie Futurismus und Dada. Durch die ökonomische Krise, die das Land nach dem Krieg erlitt, schien die alte Herrschaft erschüttert. Die mexikanische Revolution rumorte in den Köpfen. Im Klima einer ungenauen Provinz-Avantgarde sprach sich Vallejos Name zum erstenmal herum: er war berüchtigt, fast berühmt.

Diesen Ruf verdankte er seinem zweiten Buch, einem Gedichtband, der den seltsamen Titel *Trilce* trug, das heißt: drei Sonnen, auch drei Sonnentaler. Ein Buch des Bruchs, der Revolte; ein Buch, von dessen Explosionen sich die traditionelle Ästhetik in Perú nie wieder ganz erholen sollte. Kein politischer Sinn war ihm auf die Stirn geschrieben. Es ist ein Zeugnis bodenloser Grübelei, selbstquälerischer Enttäuschung und individueller Frustration. Daß es als Angriff aufs Bestehende verstanden wurde, liegt allein an seiner unerhörten Sprache. Sie ist völlig autonom, weder von einheimischen Konventionen abhängig noch von den neuen Mustern der europäischen »Bewegungen«. Sie verstößt gegen alle Regeln, bis zur Gewaltsamkeit. Der Dichter ist nicht ihr Gärtner, er ist ihr Demiurg. *Trilce* ist ein zutiefst erfinderisches Buch. Seine technischen Mittel, bewußter Solözismus, Entstellung gebräuchlicher Wendungen, Doppelsinn, semantischer Sprung und syntaktische Verschiebung, sind überraschend reich und neu. Ein verborgenes System von metaphorischen Schlüsseln geht durch das ganze Buch. Was es vor den gleichzeitigen und analogischen Erscheinungen Europas auszeichnet, ist jedoch die dauernde Spannung zwischen höchst artifiziellen und ganz alltäglichen Momenten in seiner Sprache. Vallejo ist des raffinierten Kunstdialektes spanischer Herkunft, der Sprache Quevedos und Góngoras, ebenso mächtig wie der elementaren Ausdrucksweise der Peones. Das Ineinander von extremer Kunstsprache und vernutzter Redensart ist seiner Poetik nicht äußerlich; es macht ihren Kern aus.

Vallejos Flucht nach Paris, eine Flucht ohne Wiederkehr, war seit 1920 für ihn beschlossene Sache. Die europäische Emigration ist für die schöpferische Intelligenz der südamerikanischen Länder von jeher eine Versuchung gewesen; viel von ihrer Kraft ist an ein vages Weltbürgertum verlorengegangen. Alle Wege scheinen für sie, heute noch, nach Paris zu führen, das in Buenos Aires und La Paz, in Managua und Lima nie aufgehört hat, als das Gravitationszentrum der Alten Welt zu gelten. Vallejo freilich ist nicht vor seiner Herkunft geflüchtet, nicht vor seinem Perú, das Santiago de Chuco hieß, sondern vor Lima, der Hauptstadt aus zweiter Hand, dem trüben Sammelbecken brackigen Ehrgeizes und abgestandener

Erfüllungen. Das Wort Provinz hat zwei Bedeutungen, die einander entgegengesetzt sind: es bedeutet das Abgeleitete und Zukurzgekommene, die gesellschaftliche und kulturelle Schimmelbildung – in Vallejos Augen: Lima – und das Autochthone, die Substanz der Herkunft – das war die Landschaft der Sierra und der Alltag der armen Leute in der dünnen Luft der Anden. In diesem Sinn ist César Vallejo ein Provinzler geblieben, solange er lebte. Er war kein Kosmopolit; sein Perú nahm er mit in jedes Exil.
Was ihm bevorstand, er ahnte es: »Gewöhne dich daran«, sagte er zu einem Freund, der ihn begleitete, »wenig zu essen. In Paris werden wir von Steinchen leben.« 1923 kamen sie an, und es begann die fürchterliche Litanei der elenden Hotels, der billigen Quartiere links der Seine: Hôtel Ribouté, Hôtel des Éscoles, rue Garibaldi, rue Molière, rue Delambre, Avenue du Maine; das Ritual jener Misere, die Paris für die Geblendeten bereithält, die sich ihm verschreiben: Petroleumkocher, verschmierte Treppenhäuser, schmutzige Bidets; Verlassenheit und Cafard. Dazu das Joch des Journalismus, in das sich Vallejo begab. Er schrieb für das Bureau des Grands Journaux Latino-Américains. Mochten die Zeitungen groß sein, ihre Honorare waren es nicht. »Briands direkte Diplomatie«, »Der Pariser Autosalon«, »Interview mit Poincaré«, »Isadora Duncans Begräbnis«, »Die Meister des Kubismus« – Artikel zu Hunderten, hastig und febril geschrieben, dazwischen Wochen, in denen er sein winziges Hotelzimmer nicht verließ. Es war freilich die große Zeit der Cafés vom Montparnasse. Im Dôme und in der Rotonde begegnete er Picasso und Gris, Tzara und Diego, Huidobro und Neruda, nahm teil an den Erregungen der Epoche, den konvulsivischen Debatten um den Surrealismus und die Volksfront, saß in der Tischecke dabei, verschlossen, großherzig, ohne Eitelkeit, ein düsteres Kind mit den Augen eines verurteilten Mannes.

Der Kommunismus war für einen Mann wie Vallejo, im Paris der Weltwirtschaftskrise, kein Problem. Er hat ihn nicht gewählt. Der Kommunismus traf ein für ihn wie andere, wie alle seine Ahnungen. Keine Rede von einer Bekehrung; eher ein langsamer, aber unwiderstehlicher Sog, dessen zunehmende Kraft an Vallejos journalistischem Tagwerk ablesbar ist: »Über die proletarische Literatur« (1928); »Die Lektionen des Marxismus« (1929); »An der russischen Grenze« (1929). Er hatte diese Grenze 1928 zum erstenmal überschritten. Ein Jahr später besuchte er die Sowjetunion zum zweitenmal – ohne irgendeine Unterstützung der sowjetischen Regierung anzunehmen, »als parteiloser Schriftsteller«, wie er selber sagt. Aber das Buch, in dem er über diese Reisen berichtet, hat ein Begeisterter geschrieben; einer, der im Kommunismus die einzige Hoffnung sah. (Ursprünglich wollte er es nennen: *Die Entdeckung der Welt;* erschienen ist es unter dem Titel *Rußland 1931. Reflexionen zu Füßen des Kreml* im Madrid der jungen Republik.)

Die Hoffnung galt den andern; für sich selbst hegte er keine. Solidarität war für Vallejo kein Fremdwort, sondern eine Leidenschaft, die bis zum Leiden ging, bis zur Preisgabe seiner selbst. So hat er nicht gezögert, seine Poesie zu verleugnen in dem rührenden Versuch, einen »proletarischen Roman« zu schreiben. *Wolfram* – so heißt er – handelt von den Deklassierten, den Armen und Beleidigten Perús. Es findet sich darin das Gespräch eines Arbeiters mit einem Intellektuellen. Darin scheint der Held des Buches zu seinem Autor zu sprechen:

»Es gibt nur eines, was ihr, die Intellektuellen, für die armen Peones tun könnt, wenn ihr uns wirklich helfen wollt: tut das, was wir euch sagen, hört auf uns, gehorcht unsern Anweisungen und unsern Interessen. Das ist alles. Das ist die einzige Art, auf die wir miteinander reden können, jedenfalls heute. Später werden wir weitersehen. Dann wird es unter uns zugehen wie unter Brüdern. Aber heute müssen Sie wählen. Wählen Sie!«

Vallejo hat gewählt, nicht aus Linientreue, sondern aus Solidarität. Ob er jemals Mitglied der Partei geworden ist, scheint zweifelhaft. Ein Kommunist nach dem Herzen der Kommunisten wäre nie aus ihm geworden. Er wußte nicht, was Taktik war. Seine Naivität war stärker als jede Doktrin. Die politische Lehre war eine Rationalisierung seiner Kondition und seiner stärksten Wünsche, die immer den anderen galten; daher die utopische und religiöse Färbung, die sein Kommunismus verrät. Er ist von seinem eignen, alten und dunkeln Blut getränkt, nicht vom frischen Blut des Stalinismus.

Am 29. Dezember 1929 wies die rechtsgerichtete Regierung Tardieu Vallejo als unerwünschten Ausländer »wegen seiner Zugehörigkeit zu kommunistischen Kreisen« aus Frankreich aus. Er ging mit seiner Frau Georgette nach Spanien.

Seine Madrider Jahre waren vielleicht die glücklichste Zeit seines Lebens. Er entfaltete eine erstaunliche politische und literarische Tätigkeit. Er sah den Sieg der Republik, bei deren Ausrufung er zugegen war; er gewann die Freundschaft von García Lorca, José Bergamin, Rafael Alberti, Antonio Machado, Pedro Salinas und Luis Cernuda; auch Unamuno ist er begegnet. Außer dem Rußlandbuch und dem *Wolfram*-Roman schrieb er eine Erzählung, mehrere Dramen, die nie aufgeführt worden sind, und zahlreiche Essays. Zum erstenmal fühlte er sich auf einem Platz, wo er nützliche und sinnvolle Arbeit leisten konnte.

Was ihm Spanien bedeutet hat, sollte sich 1936 zeigen, als die Faschisten sich gegen die Republik erhoben. Vallejo war nach Paris zurückgekehrt, in die alte Misere. Seine Verträge mit dem Zeitungssyndikat hatte er wegen seiner politischen Haltung eingebüßt. Er lebte monatelang von Reis und Kaffee. Die spanischen Ereignisse verfolgte er, sie verfolgten ihn so erbarmungslos, daß seine Gesundheit zugrunde ging. Die Republik wollte ihn als Propagandisten nach Südamerika entsenden; er weigerte sich, das Geld des kämpfenden Landes anzunehmen, und blieb in seiner Matratzengruft.

Die Poesie, die er jahrelang fast vergessen hatte, brach in dieser Zeit mit vulkanischer Kraft neu hervor. Sie kreiste um Spanien. *Spanien, nimm diesen Kelch von mir* heißt das Buch,

das er damals schrieb; die Soldaten der republikanischen Miliz sollen es im Feld gesetzt und auf primitives, selbstgeschöpftes Papier gedruckt haben. Die Rohbogen gingen im Zusammenbruch der katalonischen Front unter.
Das Spanien, von dem diese Gedichte heimgesucht sind, ist keine Figur auf dem Schachfeld der internationalen Politik, sondern ein neues Israel; sie künden nicht von einer ideologischen Auseinandersetzung, sondern von einem Martyrium, von Spaniens babylonischer Gefangenschaft und seiner fernen Erlösung. Ihre Inspiration ist keine Idee, sondern eine Erfahrung: die Erfahrung des Schmerzes.

Keine Philosophie begründet und trägt Vallejos letztes Werk, die *Poemos humanos*. Doch läßt sich nur philosophisch sagen, was der Schmerz darin bedeutet: er ist nicht Thema, sondern Existential, wie Kierkegaards Verzweiflung, Sartres Ekel. Er ist das Wesen aller Furien seines Lebens, die sich in diesen letzten Monaten um sein Bett versammeln. Ihr Blick tilgt aus dem, was er schreibt, die letzte Spur artistischer Attitüden. Das brillante technische Können, das sich in *Trilce* erwiesen hat, ist selbstverständlich geworden, eingeschmolzen im Feuer des Schmerzes. Das ermöglicht Vallejo, bis zum äußersten zu gehen: zum äußersten Pathos, zum äußersten Sentiment, zum äußersten Humor. Diese Gedichte scheinen wehrlos und sind nicht angreifbar, weil darin Poesie und Existenz zur Deckung kommen. Täuschen wir uns nicht: das ist ein sehr seltener Fall. Alle äußeren Bedingungen künstlerischer Produktivität in unserm Jahrhundert sprechen dagegen. César Vallejo ist zutiefst unzeitgemäß. Unzeitgemäß ist nicht allein die Unbestechlichkeit, mit der er seinen Untergang akzeptierte; unzeitgemäß auch seine Unschuld. So hat er auf dem beharrt, was uns, nach zwei Weltkriegen, nur noch ein Achselzucken wert ist: auf der Solidarität der Toten und der Lebendigen; auf der Armut, die wir für erledigt halten, indes zwei Drittel aller Menschen hungern; auf dem Schmerz, von dem zu sprechen uns anstößig scheint; und auf der Hinfälligkeit unserer Ordnungen, die wir, am Vorabend der Katastrophe, für unverrückbar erklären.

Im März 1938 wurde César Vallejo in ein Krankenhaus am Boulevard Arago eingeliefert. Er war erschöpft und hatte Fieber. Blutproben, Analysen, Röntgenuntersuchungen ergaben keinen Befund. Die Krankheiten, an denen Vallejo litt, waren der Medizin unbekannt. Die eine hieß Spanien, die andere, eine sehr alte, sehr ehrwürdige Krankheit, gegen die kein Medikament zu Gebot stand, war der Hunger. Am Karfreitag 1938 ist Vallejo Hungers gestorben.

Der Fall Pablo Neruda

I

Ein europäischer Provinzialismus, dessen literarische Topographie sich immer noch auf die maßgeblichen Cafés einiger europäischer Kapitalen beschränkt, hat uns lange Zeit daran gehindert, die Stimmen des iberischen Amerika zu vernehmen. Südamerika, von Rubén Darío bis zu Jorge Luis Borges, ist, allen Einbürgerungsversuchen des letzten Jahrzehnts zum Trotz, die *terra incognita* der modernen Poesie geblieben.
Die mächtigste Stimme dieses Kontinents (und, seit dem Tod García Lorcas und César Vallejos, die einzige von weltliterarischem Klang, die spanisch redet) gehört Pablo Neruda. In seinem Gelingen und in seinem Scheitern präsentiert dieser Mann auch europäischen Gemütern eine Rechnung, die anerkannt werden muß. Ob wir imstande sein werden, sie einzulösen, ist eine andere Frage.
Es ist eine Stimme ebenso leidenschaftlich wie monoton, ebenso gleichgültig wie ergriffen, ebenso einsam wie umfassend. Eine elementare Stimme; sie gleicht dem Meer. Ihre Brandung, ihr Atem ist lang und unaufhaltsam, ihre Resignation ist vollgesogen mit Zorn, Zärtlichkeit und Aufruhr, und sie trägt auf dem Kamm ihrer Verse das Strandgut unserer Existenz einem unerreichbaren Gestade, dem zukünftigen Gedicht, zu:

Mit einmal bin ich es müde, ein Mensch zu sein.
Mit einmal trete ich ein in Schneidereien und Kinos,
undurchdringlich und welk wie ein Schwan aus Filz,
treibe ich hin auf einem Wasser von Ursprung und Asche.

Ein Duft weht aus den Frisiersalons, daß ich schreie vor Trauer.
Ich will nichts weiter, als ausruhn von Kleidern und Steinen,

und nichts mehr sehen, weder Geschäfte noch Gärten,
keine Waren, keine Aufzüge, keine Monokel ...

Es gibt Vögel, wie Schwefel gelb, und abscheuliche Därme,
die im Türstock von Häusern hängen, verhaßten Häusern,
es gibt Gebisse, in Kaffeekannen vergessen,
es gibt Spiegel,
die geweint haben müssen vor Scham und Entsetzen,
überall gibt es Regenschirme, und Nabelschnüre, und Gift.

Ich gehe und trage meine Gelassenheit, meine Augen, meine Schuhe,
meine Wut, mein Vergessen
quer durch Kanzleien und orthopädische Läden,
quer durch Hinterhöfe, wo Wäsche an einem Draht hängt:
Handtücher, Unterhosen und Hemden weinen dort
ihre langsamen schmutzigen Tränen.[1]

So vieles gibt es, was nicht vergessen werden kann und was diese Stimme uns gleichmütig hinzählt, viel Mühsal, viele Stempel, Fallschirme und Küsse, Münzen und Tränen, Gitarren und Schlüssel ... Bis in das Herz der Stoffe und bis ans Gesicht des Todes dringt sie vor, flutet zurück und wirft uns zu »eine tote, bezifferte Taube« und »einen Planeten aus durchbohrten Rosen«.
Diesen Gedichten ist die starre Plastik des Sonetts durchaus fremd; von jenem statischen Formideal, das in Deutschland seit eh und je für »romanisch« gehalten wurde, ist ihnen nichts anzumerken. Sie sind Poesie *in statu nascendi*, will sagen: der Vorgang seiner Entstehung bildet sich fortwährend im dichterischen Produkt ab, als ein ständiges Suchen, ein Pochen, ein Wühlen in der versteinerten und ertaubten Sprache:

Es ist weiter nichts als der Schritt eines Tages auf einen andern zu,

1 Aus: *Walking around. Residencia en la tierra* II, 2. Santiago 1947. Deutsch vom Verfasser.

eine einsame Flasche, die durch die Meere wandert,
und ein Eßzimmer, in das jemand Rosen bringt,
ein Eßzimmer, übriggelassen
wie eine Gräte: wovon ich rede, das ist
ein zerbrochenes Glas, eine Gardine, der Boden
eines verödeten Zimmers: ein Fluß rollt hindurch
und schwemmt die Steine davon. Es ist ein Haus,
das auf den Wurzeln des Regens steht,
ein zweistöckiges Haus mit vorschriftsmäßigen Fenstern,
das der treue Efeu erstickt.

Ich geh durch den Abend, ich trete ein,
satt von Schmutz und Tod,
ich schwemme die Erde mit und ihre Wurzeln
und ihren maßlosen Bauch, in dem Leichen
beim Weizen schlafen,
Metalle, zusammengebrochene Elefanten.

Aber vor allem ist da ein entsetzliches,
ein entsetzlich verödetes Eßzimmer,
und die Krüge sind schartig,
und der Essig rinnt unter den Stühlen fort,
ein zaudernder Mondstrahl, allerhand
Dunkles: und ich taste und suche
in meinem Innern nach einem Gleichnis:
vielleicht ist es ein Laden mitten im Meer
und Brackwasser, das aus verrotteten Tüchern trieft.
Aber es ist nichts als ein verödetes Eßzimmer da,
und ringsumher dehnen sich Flächen,
ertrunkne Fabriken, Treibholz,
nur ich weiß davon und sonst niemand,
weil ich dunkel bin und unterwegs,
und der Erde kundig, und dunkel bin.[2]

2 Aus: *Melancolía en las familias. Residencia en la tierra* II, 2. a.a.O. Deutsch vom Verfasser.

In ihrer eigenen syntaktischen und logischen Bewegung teilen diese Zeilen dem Leser die Unruhe mit, von der sie sprechen, und die Unerreichbarkeit des Zieles, nach dem sie tasten; das Dunkel, in dem sie scheitern und untergehen, ist die Poesie selber. Also keine abstrakte Finsternis, auch nicht das Unerkennbare: vielmehr das Dunkel der Erde, das Alltäglichste und Vertrauteste, das jedem begegnet und dessen doch nur der Dichter kundig ist »und sonst niemand«.

Immer wieder spricht das frühe Werk Nerudas vom Schmutz, von verrotteten, verbrauchten, abgenutzten, zerbrochenen Dingen. *El roto* – das ist die zentrale Metapher dieser Poesie. Das Wort ist zunächst einfach das Partizip des Verbs *romper*, zerbrechen; doch hat es mit ihm eine besondere Bewandtnis. Das Wörterbuch führt folgende Bedeutungen an: entzwei, kaputt, zerlumpt, liederlich; in Chile bedeutet es, als Substantiv, soviel wie Proletarier; diese Bedeutung wird in Argentinien und Perú zu einem Schimpfnamen für die Einwohner Chiles insgesamt verallgemeinert. Charakteristisch für Neruda, daß in seiner zentralen Metapher der provinzielle Aspekt mit dem universellen in eins fällt. Denn das Schmutzige und Kaputte sucht diese Dichtung nicht als *hautgoût*, als jenen ästhetischen Reiz auf, den Baudelaire für die Moderne entdeckt hat. Es gilt ihr als das sichtbarste Zeichen der menschlichen Verfassung überhaupt, nicht nur der gesellschaftlichen. Die Zeit, der Schmerz und der Tod sind nur Modifikationen, allgemeine Erscheinungsformen der Verunreinigung und des Verschleißes, von dem alles Existierende heimgesucht wird, ja das vielleicht die Substanz der Welt selber ist:

Wenn ihr mich fragt, wo ich gewesen bin,
dann muß ich sagen: Hört mir zu.
Dann muß ich vom Erdboden sprechen, den die Steine verfinstern,
von dem Fluß, der dauernd in sich selber versickert:
ich weiß nur von dem, was die Vögel verderben,
vom zurückgelassenen Meer, oder meiner weinenden Schwester.

Wozu diese ganzen Länder? Wozu legt sich ein Tag
auf den anderen Tag? Wozu wächst eine schwarze Nacht
in meinem Mund? Wozu gibt es Tote?

Wenn ihr mich fragt, woher ich komme, so muß ich mich mit
alten Dingen beraten,
mit übermäßig verbittertem Werkzeug,
mit oft vergammelten großen Tieren,
und mit meinem bekümmerten Herzen.

Was da vorübergegangen ist, das sind nicht Erinnerungen,
das ist keine gelbe Taube, die im Vergessen schläft,
sondern Gesichter voll Tränen sinds,
Finger in einer Gurgel,
und das, was aus den Blättern sickert:
die Dunkelheit eines vorübergerollten Tages,
eines Tages, der satt ist von unserem traurigen Blut. [3]

Ästhetisch läuft eine solche Haltung auf die entschiedene Negation aller *poésie pure* hinaus; und in der Tat leitet Neruda in einer seiner wenigen programmatischen Schriften, der Vorrede zu der Madrider Zeitschrift *Caballo verde* (1935), daraus, durchaus konsequent, eine Reihe von Forderungen an die Dichtkunst ab, deren Wurzel eben der Begriff der Unreinheit ist:
»Es ist gut, sich zu gewissen Stunden des Tages oder der Nacht in den Anblick der unbeweglichen Dinge zu versenken: der Räder, die große Lasten von Früchten oder Gestein über weite Strecken, staubige Strecken befördert haben, der Säcke in den Kohlenhandlungen, der Fässer, der Körbe, der Hefte und Griffe am Werkzeug des Zimmermanns. Sie können dem gefolterten Dichter zur Lehre dienen. Die Erde und die Hand des Menschen haben auf ihnen ihre Spur hinterlassen, er

3 Aus: *Non hay olvido (Sonata). Residencia en la tierra* II, 6. a.a.O. Deutsch vom Verfasser.

braucht sie nur abzulesen. Die abgenutzten, abgegriffenen Oberflächen solcher Gegenstände sind mit einer Aura umgeben, die oft etwas Tragisches hat und immer das Herz ergreift. Wer sie nicht geringschätzt, wer sich ihrem Schwerefeld ergibt, nähert sich der Wirklichkeit dieser Welt.

Das unreine, das vermischte Wesen des Menschengeschlechts ist ihnen anzumerken, die Struktur der Stoffe, ihr Gebrauch und ihr Brachliegen, die Fährten von Fuß und Fingern, der beständige Geruch menschlicher Gegenwart, der sie von innen heraus und von außen her sättigt und tränkt.

So soll die Dichtung aussehen, die wir suchen: verwüstet von der Mühe der Hände wie von einer Säure, vom Schweiß und vom Rauch durchdrungen, eine Dichtung, die nach Urin und nach weißen Lilien riecht, eine Dichtung, in der eine jede Verrichtung des Menschen, erlaubt oder verborgen, ihre Spuren hinterlassen hat.

Eine Dichtung, unrein wie ein Anzug, wie ein Körper, von Speisen befleckt, eine Dichtung, die Handlungen der Scham und der Schande kennt, Träume, Beobachtungen, Runzeln, schlaflose Nächte, Ahnungen; Ausbrüche des Hasses und der Liebe; Tiere, Idyllen, Erschütterungen; Verneinungen, Ideologien, Behauptungen, Steuerbescheide.

Die geheiligte Vorschrift des Madrigals; die Gesetze des Tastens, Riechens, Schmeckens, Sehens und Hörens; das Verlangen nach Gerechtigkeit; das sexuelle Verlangen; das Geräusch des Meeres; ohne die Absicht, irgend etwas auszuschließen, ohne die Absicht, irgend etwas gutzuheißen; der Eintritt in die Tiefe der Dinge in einem Akt jäher Liebe, und das dichterische Produkt: von Tauben, von Fingerabdrücken besudelt, mit den Spuren von Zähnen und Eis übersät, möglicherweise angenagt von Schweiß und Gewohnheit, bis es die zarte Glätte eines rastlos geführten Werkzeugs, die überaus harte Sanftmut von abgenutztem Holz, von hochmütigem Eisen erreicht hat. Auch die Blume, den Weizen und das Wasser zeichnet diese Tastbarkeit, diese einzigartige Konsistenz aus.

Und vergessen wir niemals die Melancholie, die verschlissene

Sentimentalität, Früchte wunderbarer, vergessener Kräfte des Menschen, unrein, vollkommen, weggeworfen vom Wahn der Literaten: das Licht des Mondes, der Schwan in der Dämmerung, ›Herz, mein Herz‹: das ist ohne Zweifel elementare und unausweichliche Poesie. Wer sich vor dem Geschmacklosen fürchtet, den holt der Frost« 4.

Das ist ein Programm, so fern wie nur möglich allem Kalkül, allen Gags und Schablonen – auch den Schablonen einer abgelebten Avantgarde; ein Programm der Vielfalt. Nicht nur darin, daß Nerudas Poesie alles, was sie auf der Welt vorfindet, mit einer elementaren Kraft mitschwemmt; Vielfalt auch in der formalen Beschaffenheit des Verses. Neruda verschmäht die Technik des Mosaiks; er hat sich nie auf das Puzzlespiel der Montage, nach dem Vorgang Ezra Pounds, eingelassen. Das Disparate wird nicht, Ausschnitt gegen Ausschnitt, zur Collage vereinigt, sondern mit einer Gelassenheit aufgezählt, die indianisch anmutet 5. Nerudas Gedichte wenden sich immer an das Ohr eines Zuhörers, nie an das

4 *Sobre una poesía sin pureza.* In: *Las furias y las penas y otros poemas.* Santiago 1947. Deutsch vom Verfasser. Ein Gedicht von Brecht, das erst aus dem Nachlaß veröffentlicht worden ist, weist auf die innere Verwandtschaft der beiden Dichter hin:

Von allen Werken die liebsten
sind mir die gebrauchten.
Die Kupfergefäße mit den Beulen und den abgeplatteten Rändern
die Messer und Gabeln, deren Holzgriffe
abgegriffen sind von vielen Händen: solche Formen
scheinen mir die edelsten. So auch die Steinfliesen um alte Häuser
welche niedergetreten sind von vielen Füßen, abgeschliffen
und zwischen denen Grasbüschel wachsen, das
sind glückliche Werke.
Eingegangen in den Gebrauch der vielen
oftmals verändert, verbessern sie ihre Gestalt und werden köstlich
weil oftmals gekostet ...

(Von allen Werken. Gedichte III. Frankfurt 1961)

5 Über diese Erscheinung hat sich Leo Spitzer in seinem Buch *La enumeracion caótica en la poesía moderna* ausgeführlich geäußert. Buenos Aires 1945.

Auge eines Lesers. Eine uralte poetische Kategorie, die von der klassischen Ästhetik seit jeher ignoriert worden ist, kommt darin zu ihrem Recht: die des Tonfalles. Kein metrisches Gesetz, sondern der Tonfall bestimmt den Rhythmus dieser Texte. Er wechselt fortwährend, auch innerhalb des Gedichtes; Feststellung, Vorschlag, Parenthese, Bericht, Beschwörung, Frage, Anrufung, Litanei, zweifelnde und meditierende, brütende und bohrende, klagende, fordernde, suchende Stimme: ein und dieselbe in fortwährender Verwandlung. Zuweilen ist ihr Tonfall fast getragen, sublim, feierlich wie in den Gesängen des Saint-John Perse; aber unbestechlich, unbeirrbar hebt sie in der folgenden Strophe, mit derselben Kraft, die Banalität auf, den Schnürsenkel, den Besen, das Buntpapier. Ein wilder Humor, weit entfernt von den Berechnungen des Witzes, sitzt in den Fugen der Gedichte, wo der Tonfall umschlägt. So heißt es zu Anfang der großen *Ode an Federico García Lorca:*

Könnte ich heulen vor Furcht in einem leeren Gebäude,
könnte ich mir die Augen ausraufen und sie verzehren,
ich täte es um deine Stimme, eine Orange in Trauertracht,
und um dein Gedicht, das schreiend zu Tag tritt.

Denn um deinetwillen färben sich die Spitäler blau,
und die Treppen wuchern, und die Viertel am Hafen,
und es befiedern sich die verwundeten Engel,
und die Fische schuppen sich in ihrem Brautbett,
und zum Himmel auffahren die Igel:
und deinetwillen füllen die Schneiderstuben,
von schwarzem Schweiß bedeckt, mit Löffeln sich und mit Blut
und verschlingen verschlissene Bänder und küssen sich tot
und kleiden sich ganz in Weiß.[6]

6 *Oda a Federico García Lorca.* In: *Residencia en la tierra* II, 5. a.a.O. Deutsch vom Verfasser. Vollständig abgedruckt im *Insel-Almanach,* Wiesbaden 1958.

Und mitten in den herzzerreißenden Klagestrophen des Gedichtes *Walking around* stehen die folgenden Zeilen:

Freilich wäre es köstlich,
mit gezückter Lilie einen Notar zu erschrecken
oder mit einer Maulschelle eine Nonne zu töten.
Es wäre herrlich,
mit einem grünen Messer durch die Straßen zu laufen
und bis zum Erfrieren die Luft mit Schreien zu füllen. [7]

Vieles ist der Vielfalt dieser Poesie zugute gekommen. Whitmans Atem, der gewaltige Blasebalg einer neuen Poetik ohne metrisches Asthma, durchweht das ganze Werk. Majakowski wäre zu nennen, der explosivste unter den modernen Russen; Lautréamonts Traumgelatine und ihre Entwicklung durch die Surrealisten. Die Spanier des goldenen Jahrhunderts, Quevedo und Góngora, sind untergründig am Werk. Die süße Unaufhörlichkeit der Romanceros der Alten und der Neuen Welt tönt durch Nerudas Gedicht, die Lieder der Hirten und der Kesselschmiede, der Zigeuner und der Banditen sind hier transponiert, fern von romantischer Folklore. Der Schatten der Liturgie, der das Blut der spanischen Sprache gefärbt hat, fällt über Nerudas Werk, und endlich wirkt, im Verborgenen, das mächtige Residuum des indianischen Erbes mit. Man weiß aus der modernen mexikanischen Malerei, wie tief die ausgelöschten und erniedrigten königlichen Völker dieses Kontinents in der Kunst weiterleben. Nerudas indianisches Blut ist nie stumm gewesen.

II

Im Jahre 1953 ging Pablo Neruda als Träger des Stalin-Preises durch die Spalten der amerikanischen und europäischen Presse. Der Fall Neruda, der hier aufgerollt werden soll, ist

7 a.a.O.

indessen älter: er ist so alt wie der Dichter Neruda. Die Verleihung des sowjetischen Literaturpreises hat ihn nur besiegelt. Aus diesem Grunde ist es nötig, dem Leben dieses Mannes einige Aufmerksamkeit zu schenken.

Während der Unruhen des Jahres 1920, die im politischen Leben Chiles eine Epoche bezeichnen, riefen die revoltierenden Studenten in den Straßen der Hauptstadt ein Flugblatt aus, dessen Text das Gedicht eines kaum siebzehnjährigen jungen Mannes aus der Provinz war. Der Verfasser, im tiefen Süden der Republik, im araukanischen Distrikt Cantín als Sohn eines kleinen Bahnbeamten geboren, hieß Néftali Reyes Basualto, nannte sich nach einem halbvergessenen tschechischen Autor Neruda und studierte Philosophie und Literatur. Wenige Jahre später, 1923, wurde sein Gedichtband *Crepusculario* von der Kritik des iberoamerikanischen Kontinents als eine bedeutende Leistung begrüßt.

1927 wurde er, auf Grund dieser Veröffentlichung, zum chilenischen Konsul in Rangoon bestellt. Die Sitte, den in der modernen Gesellschaft ortlos gewordenen Dichter mit diplomatischen Ämtern zu betrauen, mutet uns märchenhaft an. Sie ist jedoch in der iberischen Welt verbreitet und bewährt. So lebt, um nur ein Beispiel zu nennen, Octavio Paz, der bedeutendste Poet des heutigen México, als Botschafter in New Delhi; im übrigen wäre an zwei große europäische Dichter, an Paul Claudel und an Saint-John Perse, zu erinnern, die ebenfalls im diplomatischen Dienst tätig waren. Offensichtlich genießt in manchen Ländern die Dichtung ein öffentliches Ansehen, das sich nicht in der Verteilung von Fördererpreisen erschöpft; man ist vielmehr der Meinung, das eigene Land sei durch einen Mann, der seiner Sprache mächtig ist, besser vertreten als durch beamtete Funktionäre.

In Burma hat Neruda die ersten Gedichte seines Hauptwerkes, der *Residencia en la tierra,* geschrieben[8]. 1928 ging er als Konsul nach Ceylon, es folgten Berufungen nach Singapore,

8 Deutsch unter dem Titel *Aufenthalt auf Erden* von Erich Arendt. Hamburg 1960.

Djakarta und Buenos Aires. Eine entscheidende Wendung bedeutet die Versetzung nach Spanien. Federico García Lorca, Miguel Hernández und Rafael Alberti treten in Nerudas Gesichts- und Freundeskreis ein. In den Spalten der Zeitschrift *Caballo verde por la poesía* finden sich die revolutionär gestimmten Poeten zusammen. Als 1936 der Bürgerkrieg ausbricht, besteht kein Zweifel daran, auf welcher Seite Neruda stehen wird. Er hat Spanien im Herzen, und diesen Titel, *España en el corazón,* trägt das Buch, das er unter Bedingungen, die denen der französischen Résistance-Dichtung während des Zweiten Weltkrieges ähneln, 1937 für die republikanischen Soldaten veröffentlicht. Es ist neben Picassos Guernica-Bildern, den Gedichten César Vallejos und Hemingways Roman das wesentliche künstlerische Zeugnis für die spanische Tragödie geblieben.
Von diesem Augenblick an ist der Schritt über die *poésie impure* hinaus zur *poésie engagée* getan. Wie für einen großen Teil der europäischen Intelligenz war Spanien Nerudas Wendepunkt. Das Gedicht handhabt er fortan wie einen Karabiner. Leicht fällt diese Entscheidung nicht. Neruda spürt die Notwendigkeit, sie zu rechtfertigen. Er tut es in dem Gedicht *Erklärung einiger Dinge* von 1936:

Du wirst fragen: Und wo ist der Flieder?
Und die Metaphysik von Mohn zugedeckt?
Und der Regen, der oft die Trommel
seiner Worte schlägt und sie füllt
mit Leere und Vögeln?
Ich will dir jetzt alles sagen, was mir geschieht.

Ich pflegte in einem Viertel
von Madrid zu leben mit Glocken,
mit Uhren, mit Bäumen.
Von da konnte man
das trockene Antlitz Kastiliens sehen
wie einen Ozean aus Leder ...

Dunkles Getöse
von Füßen und Händen erfüllte die Straßen,
Maße, Liter, scharfe Essenz
des Lebens, gestapelter Fisch,
Geweb von Dächern mit kalter Sonne, in der
der Pfeil ermüdet,
wahnsinniges zartes Elfenbein von Kartoffeln,
Tomaten immer wieder hinab zur See.

Und eines Morgens brachen Flammen aus allem,
und eines Morgens stiegen lodernde Feuer
aus der Erde ...

Generäle
Verräter:
seht mein totes Haus,
seht mein zerbrochenes Spanien:
doch aus jedem toten Haus schießt brennendes Metall
anstelle von Blumen,
aus jedem Loch in Spanien
springt Spanien empor,
aus jedem ermordeten Kind wächst ein Gewehr mit Augen,
aus jedem Verbrechen werden Kugeln geboren,
die eines Tages den Sitz eures Herzens finden werden.
Ihr fragt, warum seine Dichtung
uns nichts vom Traum erzählt, von den Blättern,
den großen Vulkanen seines Heimatlandes?

Kommt, seht das Blut in den Straßen,
kommt, seht
das Blut in den Straßen,
kommt, seht doch das Blut
in den Straßen![9]

9 *Explico algunas cosas.* In: *España en el corazón.* Madrid 1937. Deutsch von Erich Arendt und Stephan Hermlin, unter dem Titel *Spanien im Herzen.* Berlin 1956.

In den folgenden Jahren wird Neruda endgültig zum Mitstreiter der Aragon und der Ehrenburg. Die äußeren Stationen dieses Weges sind rasch notiert: 1937 Organisation der Massenflucht spanischer Emigranten nach Chile, 1943 Wahl zum Senator im chilenischen Parlament mit den Stimmen der KP Chiles, wenige Monate später Eintritt in die Partei. 1948 zwingt ihn ein Staatsstreich zur raschen Flucht. Er verbirgt sich im Innern des Landes und schreibt dort im Lauf eines Jahres, immer von der politischen Polizei verfolgt, den *Canto general.* 1949 taucht er in Paris auf, kurz darauf ist er Gast der Sowjetunion, Rotchinas und Indiens. Auf den Weltjugendfestspielen in Ostberlin erscheint er 1951. Es folgen weitere ausgedehnte Reisen, bei denen er als repräsentative Figur des Weltkommunismus auftritt. Nach Chile zurückgekehrt, lebt er inmitten seiner Muscheln und Bücher, eine legendäre Gestalt und eine politische Größe von kontinentalem Format, auf der Isla Negra. Während der letzten Jahre der stalinistischen Ära geht aus seiner Feder ein Strom von Parteilyrik, von polemischen Tiraden und platten Hymnen hervor, immer wieder durchgeistert von Reflexen seines einstigen Ingeniums, ständig anschwellend an Umfang und an Dichte sich mindernd, bis er auf das offizielle Niveau der albanischen oder ostdeutschen Barden herabsinkt: »Menschen Stalins!« heißt es in einem Text aus dem Jahr 1952,

Menschen Stalins! Wir tragen mit Stolz diesen Namen.
Menschen Stalins! Das ist die Rangordnung unserer Zeit!
Arbeiter, Fischer, Musiker Stalins!
Ärzte, Salpeterbrecher, Dichter Stalins!
Gelehrte, Studenten und Bauern Stalins!
Handwerker, Angestellte und Frauen Stalins!
Gruß euch an diesem Tag! Das Licht ist nicht entschwunden,
nicht entschwunden ist das Feuer,
doch sich mehren soll

das Licht, das Brot, das Feuer und die Hoffnung
der unbezwinglichen Stalin-Epoche![10]

Ein Kapitel des Buches, in dem diese Worte stehen, trägt den Titel *Der Honig Ungarns.* Das Blut auf den Straßen von Budapest hat Neruda nicht gesehen.

III

Dies ist, wie er sich in den Fakten seines Lebens abbildet, der Fall Neruda. Angesichts der dichterischen Potenz, der wir uns gegenübersehen, ist es weder erlaubt, ihn totzuschweigen, noch ihn zu bagatellisieren. Was liegt hier vor? Wie ist die Selbstverstümmelung eines solchen Mannes möglich? Die geläufigen, in unserm Teil der Welt naheliegenden Begründungen scheiden von vornherein aus. Den stalinistischen Terror hat Neruda nie am eigenen Leib erfahren; was er tat, tat er freiwillig. Keine Kontrollkommission hatte die Macht, ihn zu zwingen. Auch der Verdacht des Opportunismus ist von der Hand zu weisen. Eine glänzende diplomatische Karriere stand dem Chilenen offen, hätte er sich nur zu berechnender Vorsicht verstehen wollen. Sein Übertritt zum Kommunismus war mit Gefahren verbunden; er hat ihm keineswegs von Anfang an ein bequemes Leben verschafft, vielmehr erheblichen Mut und erhebliche Opfer erfordert. Auch eine dritte Erklärung, die in solchen Fällen rasch zur Hand ist, versagt: für Neruda hat der Kommunismus nie die Anziehungskraft eines geschlossenen Glaubenssystems gehabt. Weder die innere Stimmigkeit der marxistischen Theorie noch die quasi-religiöse Aura, mit der sich die stalinistischen Dogmen zu umgeben wußten, gab für Neruda den Ausschlag. Dieser Mann ist zu ungläubig, um je einen Konvertiten abzugeben, und zu wenig intellektuell, um der Verführung durch die Doktrin zu erliegen.

10 Aus: *Las uvas y el viento,* VI. Buenos Aires 1954. Deutsch von Erich Arendt unter dem Titel *Die Trauben und der Wind.* Berlin 1955.

Nerudas Gründe sind zugleich einfacher und komplexer, also in jedem Falle lehrreicher als die der meisten Partei-Dichter: einfach, was die politischen, komplex, was die künstlerischen Motive für seine Haltung betrifft.

Zunächst wird es geboten sein, angesichts der alteingesessenen Ignoranz, die sich bei uns so gern mit abendländischen Feldzeichen schmückt, an einige einfache Tatsachen zu erinnern, die für unsern Fall von Bedeutung sind. Der Kommunismus war nie, auch nicht zu Zeiten Stalins, da er in Moskau noch als katholische und allgemein verbindliche Lehre definiert wurde, eine einheitliche Erscheinung. Die Vorstellung, ein Besuch in Kottbus genüge zum Verständnis seiner asiatischen, afrikanischen oder südamerikanischen Varianten, ist zwar weitverbreitet, aber ganz und gar falsch. Ein Gang durch die Straßen von Santiago de Chile oder ein Blick in die Statistik über die dort übliche Verteilung des Volkseinkommens ist hier dienlicher als alle ideologischen Redensarten. Die sogenannte soziale Frage ist in einem Land wie Chile kein bloßer Wahlslogan, sondern eine buchstäblich blutige Realität. Ausländische Investitoren und die »dreihundert Familien« verfügen über den Löwenanteil am nutzbaren Grundbesitz und am Sozialprodukt: er wird mit 70–80 % angegeben. Die Erziehungs- und Fürsorgegesetzgebung steht größtenteils nur auf dem Papier. Die demokratische Maschine läuft mit dem Öl der Oligarchie. Zahl und Elend der *rotos*, der Enterbten, sind in einem der reichsten Erdteile unvorstellbar groß. Es ist klar, daß der Kommunismus in Südamerika andere Möglichkeiten und Methoden, aber auch andere Beweggründe und Parteigänger hat als in den hochindustrialisierten Ländern West- und Nordeuropas mit ihren mehr oder weniger weitgehend nivellierten Einkommen und der dauernden Reduktion aller offenen Armut. Durch seine Herkunft bereits, den Ort und das Datum seiner Geburt, ist Neruda für den Kommunismus also schier prädestiniert. Auf der Seite der *rotos* war er von jeher gestanden. Der Krieg in Spanien war nur das auslösende Moment, nicht die Ursache für seine politische Parteinahme.

Was den Fall indessen exemplarisch macht, ist das künstlerische Drama, das sich vor diesem Hintergrund von brutaler Eindeutigkeit abspielt. Die kubanischen Ereignisse haben gezeigt, wie verbreitet in der südamerikanischen Intelligenz die Neigung zum Kommunismus ist. Die Problematik des Falles Neruda geht über diese allgemeine Erscheinung hinaus. Ihr Schlüssel liegt in der gesellschaftlichen Situation der modernen Dichtung schlechthin. Diese Lage ist uns geläufig. Sie verurteilt den Dichter, zwischen seinem Publikum und seiner Poesie zu wählen. In jedem Fall sondert er sich von einer Grundbedingung seiner Arbeit ab. Dieser Dialektik ist Neruda niemals ausgewichen; man kann sagen, daß sie ihm zum Verhängnis geworden ist, weil er ihr nicht gewachsen war. Zunächst hat er versucht, aus dem Dilemma gleichsam mit Gewalt auszubrechen. Das zeigen seine Invektiven gegen den bürgerlichen Literaturbetrieb:

Was tatet ihr denn, Gideaner,
ihr Intellektualisten, Rilkeaner,
Verdunkler des Daseins, unwahre existenzialistische
Gaukler, surrealistische
Blüten des Mohns, im Grab nur
entflammte, europäisierende
Modekadaver,
bleiche Maden im Käse
des Kapitalismus ...[11]

Ein Beispiel für die weitverbreitete Tendenz der Intellektuellen, die Intelligenz zu denunzieren. Die alte Geschichte: Vulgärmarxisten und rechte Reaktionäre schaufeln einträchtig an der Grube, die sie der »entarteten« Kunst zugedacht haben. Bei dem verräterischen Zitat könnte man es bewenden lassen, wäre ihm sein defensiver Zug nicht so deutlich auf die Stirn

11 Aus: *Canto general*, V. Deutsch unter dem Titel *Der Große Gesang* von Erich Arendt. Berlin 1953.

geschrieben. Neruda beschimpft darin weniger die Gegenwart der andern als seine eigene Vergangenheit; die verzweifelte Polemik gegen sein früheres Werk geht bis zum Selbstzitat: die Mohnblüte ist eine der wichtigsten Chiffren seiner Poesie gewesen, und was die »Verdunklung« des Daseins betrifft, so findet sie in den beiden Bänden der *Residencia en la tierra* ihren großartigen dichterischen Ausdruck. Diese Preisgabe des eigenen Werkes bedarf einer fortwährenden Rechtfertigung. Das ist mit Schimpfworten nicht getan. Einen Schritt weiter führt die folgende Passage, in der Neruda dem autobiographischen Aspekt der Sache nicht länger ausweicht:

Als ich Verse der Liebe schrieb, die mir
überall erblühten, und ich sterben wollte vor Traurigkeit,
umherirrend, verlassen, am Alphabete nagend, da
sagten sie mir: »Wie groß bist du, o Theokrit!«
Ich bin kein Theokrit ...
Ich ging hin durch die Gassen der Salpetergruben,
zu sehen, wie andre Menschen leben.
Und als ich herauskam mit schmutz- und schmerzbefleckten Händen,
hob ich sie empor ... und sprach: »Ich nehme nicht teil am Verbrechen.«
Sie hüstelten, ihr Ärger war groß, sie verweigerten mir den Gruß,
nannten mich nicht mehr Theokrit und kamen dahin,
mich zu verleumden und auszusenden den ganzen Troß der Polizei,
um mich einzukerkern, weil ich mich nicht mehr
ausschließlich um metaphysische Dinge sorgte. [12]

Nicht anders hat sich Brecht geäußert. Die Parallele zu dem berühmten »Gespräch über Bäume« liegt auf der Hand, und die Gedichte *Schlechte Zeiten für Lyrik* und *Verjagt aus gutem*

12 a.a.O. XII, *Brief an Miguel Otero Silva.*

Grund sprechen das gleiche Dilemma, freilich ungleich schärfer und tiefer, aus wie Nerudas erklärende Verse. Nur daß Brecht, vermöge seiner angeborenen List, seiner dialektischen Kraft, seiner undurchdringlichen Weisheit sich vor dem Untergang zu retten vermochte. Daneben wirkt Neruda unbeholfen, oft geradezu grobschlächtig, aber auch wieder wehrlos und naiv. Schier unschuldig mutet die Vorstellung an, die letzten Endes seine Wahl bestimmt hat und der er, als künstlerische Person, zum Opfer gefallen ist; die Vorstellung einer Poesie, die das geistige Brot aller Menschen ist, auch der Armen und der Ungebildeten, sein sollte, der Poesie als eines Fermentes universeller Brüderschaft. In diesem Wunschtraum verquicken sich romantische und marxistische Züge – und vergessen wir nicht, daß der klassische Marxismus aus dem Haupt der Romantik entsprungen ist! –: ihn versucht das ganze Spätwerk Nerudas zu verwirklichen, gleich als stünde es in der Macht eines einzelnen, die zweitausendjährige Geschichte einer Kunst, die für die wenigen gemacht worden ist, von einem Tag auf den andern umzukehren.

»Wir schreiben für einfache Menschen«, sagte Neruda in einer Rede über *Das Dunkle und das Klare in der Dichtung*, gehalten vor dem Kulturkongreß zu Santiago im Jahre 1953, »für Menschen, die so anspruchslos sind, daß sie sehr, sehr oft nicht lesen können. Aber die Poesie war auf der Erde, bevor man lesen und drucken konnte. Deshalb wissen wir, daß Poesie wie Brot ist und von allen geteilt werden muß, von Gelehrten und Bauern gleicherweise, von unserer ganzen unermeßlichen, wundervollen, außerordentlichen Familie der Völker [13].«

Nicht die politische Tagessituation in seiner Heimat, nicht einmal der faschistische Überfall auf das republikanische Spanien, sondern eine so beschaffene Auffassung vom Wesen der Poesie ist der letzte Beweggrund für Nerudas Entscheidung. Fügen wir hinzu, daß es eine paradoxe Entscheidung ist. Paradox,

13 *Neue deutsche Literatur*, II, 4. Berlin 1954. Deutsch von Elisabeth Schlieper.

weil die äußerste Verkürzung, Verfremdung und Entstellung der Sprache Grundelemente der Poetik sind, die Neruda für sich entwickelt hatte. Ihre Negation läuft auf die Zerstörung der historischen Wurzeln hinaus, aus denen seine Dichtung lebt, auf die Stornierung ihrer eigenen Geschichte. Das ist natürlich ein Ding der Unmöglichkeit, und es liegt eine bösartige Ironie darin, daß der selbstmörderische Versuch, auf eigene Faust die geschichtlichen und gesellschaftlichen Bedingungen der Literatur aufzuheben, zu dem der Marxismus Neruda verführt hat, durch die einfachste marxistische Überlegung zu widerlegen ist. Er mutet an wie eine düstere Donquijoterie. Eine Ahnung davon überkommt den Autor angesichts der Schwierigkeiten, denen er begegnet. In der zitierten Rede kommt er zu dem Schluß: »Es war eine große Anstrengung für mich, das Dunkel der Klarheit zu opfern, denn Dunkelheit der Sprache ist das Privileg einer Literaturkaste bei uns geworden ... In jenen Tagen der Verfolgung kämpfte ich gegen das Dunkel in meinem Innern und in meinem Buch, während dieses Gestalt annahm; aber ich glaube nicht, daß ich den Kampf gewonnen habe. Ich habe beschlossen, in meinen neuen Gedichten immer einfacher, jeden Tag einfacher zu werden.«

Das Buch, auf das Neruda anspielt, ist der *Canto general* 14. *Der Große Gesang* ist ein Gedicht von über 10 000 Zeilen, eine Aeneis des südamerikanischen Kontinents, beginnend mit einer leuchtenden Kosmogonie, die große indianische Vergangenheit ins Gedächtnis rufend, berichtend vom blutigen Schauspiel der Conquista, und, Scheitel und Sinn des Ganzen, von der Befreiung des Landes von den Kolonialherrn, als deren Nachfahren natürlich die *gringos,* die nordamerikanischen »Dollar-Imperialisten und Ausbeuter« erscheinen. Das Werk endet in hymnischen Anrufungen Stalins, der Kommunistischen Partei und der nahenden Revolution.

Das Gedicht, das in einer zuverlässigen deutschen Übersetzung

14 Santiago de Chile 1950. Deutsch a.a.O.

vorliegt, hat in der modernen Dichtung wenig Vergleichbares. Ehrgeiz, Format und Atem rücken es in die Nähe der *Anabase* von Saint-John Perse, der *Pisan Cantos* von Ezra Pound und des *Paterson* von William Carlos Williams. Der Vergleich kann nur auf die Größenordnung des *Großen Gesanges* hinweisen. Das Werk ist als Lehrgedicht an Empedokles und Lukrez geschult; als Heldenepos ein anachronistischer Rückgriff auf antike Formen; als patriotisches Preislied voller Reminiszenzen an Whitman; als Historiographie ein Versuch poetischer Weltgeschichte; dazu Landschafts-Epopöe, genealogischer Katalog, Requiem auf Vorfahren und Freunde; schließlich lyrische Summa aller früheren Arbeiten Nerudas; politisches Pamphlet; revolutionäres Oratorium im Sinne Majakowskis. Die Kritik an diesem Buch wird zugleich ein Urteil im Fall Neruda zu fällen haben. Ein zweischneidiger und paradoxer Fall, ein zweischneidiges und paradoxes Urteil. Ein Werk, überwältigend gelungen, wo das Ingenium des Autors über seine ideologischen Fixierungen, über seine hilflosen Vorsätze, über seine absichtsvolle und verräterische Plattheit den Sieg davonträgt: und es gibt Passagen darin, die den Gedichten der *Residencia* in nichts nachstehen, ja die, angereichert von historischer und mythologischer Substanz und von jahrelanger Arbeit geglüht und gehärtet, in einem metallischeren Glanz leuchten. Mißraten, wo der Dichter seinen Beschlüssen Geltung verschafft hat, Beschlüssen, wie sie auf Kongressen fallen, aber nicht im poetischen Bewußtsein. Lange Seiten sind das Ergebnis, auf denen die Rapporte von Gewerkschaftsfunktionären, erfüllte Vierjahrespläne, ja noch die Verbrechen der stalinistischen Epoche holprig gefeiert werden, und die in ihrer Phraseologie an das Gebell einer linientreuen Presse erinnern.

Klarheit? Die Klarheit, die da um den Preis der dichterischen Integrität geschaffen wird, ist die totalitärer Plakate: eine Simplizität, die nur Genossen kennt und Untermenschen, und deren Schrecklichkeit uns die Geschichte hinlänglich gelehrt hat. So rächt sich an einem mutigen Mann der Irrtum, die

Poesie sei ein Instrument der Politik, weit bitterer als der wohlfeile Köhlerglaube, es gäbe eine unpolitische Dichtung, an tausend Feiglingen. Und wenn er ihm zum Opfer gefallen ist, so hat Pablo Neruda das Dilemma, an dem er gescheitert ist, doch wenigstens gesehen.

Auf den Dichter, der die Zwickmühle sprengt, der weder die Dichtung um ihrer Zuhörer noch ihre Zuhörer um der Dichtung willen verrät, und der nicht die Poesie zur Magd der Politik, sondern die Politik zur Magd der Poesie, will sagen, zur Magd des Menschen macht: auf diesen Dichter werden wir vielleicht noch lange, und vielleicht vergeblich, warten müssen.

Poesie und Politik

Dieser Alptraum ist so alt wie das Abendland: Was die Dichter schreiben dürfen, was nicht, darüber entscheidet die Staatsraison. Zucht und Anstand müssen gewahrt bleiben. Die Götter sind immer gut. Über Staatsmänner und Vorgesetzte darf öffentlich nichts Ungünstiges gesagt werden. Helden sind unter allen Umständen zu rühmen. Die Untaten der Herrschenden sind kein Gegenstand der Dichtung, sondern ein Thema für Ausschußsitzungen hinter verschlossenen Türen. Die Jugend darf nicht gefährdet werden! Also keine Darstellung ungezügelter Leidenschaften, mit Ausnahme derjenigen, welche die Staatsmacht konzessioniert. Ironie ist unzulässig. Verweichlichung hat nicht stattzufinden. Dichter sind geborene Lügner, sie werden deshalb der Propaganda-Kompanie zugeteilt. Die Kontrollkommission weist nicht nur die Themen an, sie verfügt auch, welche Formen zulässig, welche Tonfälle erwünscht sind. Verlangt wird Harmonie um jeden Preis: »also Wohlredenheit und Wohlklang und Wohlanständigkeit und Wohlgemessenheit«, mit einem Wort, das Positive. Schädlinge werden verbannt oder ausgemerzt, ihre Werke verboten, zensiert, verstümmelt.

Diese vertrauten Maximen, vor mehr als zweitausend Jahren in einem Balkan-Kleinstaat formuliert, stehen am Anfang der europäischen Diskussion über Poesie und Politik [1]. Sie haben sich seitdem über die ganze Erde ausgebreitet. Mit der entsetzlichen Regelmäßigkeit eines Dampfhammers schallen sie durch die Geschichte, stumpf, monoton, gewalttätig. Was Poesie sei, danach fragen sie nicht; das Gedicht gilt ihnen als bloßes Instrument zur Beeinflussung der Beherrschten, das je nach den Interessen der Herrschaft beliebig verwendet wer-

1 *Politeia*, besonders 377–401 und 595–608.

den kann. Daher das zähe Leben jener Sätze. Wozu sie das Gedicht machen wollen, das sind sie selber: Werkzeuge der Gewalt. Deshalb gehen sie, wie Keulen, von Hand zu Hand durch die Geschichte, sind fungibel, mühelos ablösbar vom Holz der Philosophie, aus der sie geschnitzt sind. Sie dienen nicht nur dem Platonismus als Prügel gegen Aischylos und Homer, sondern jeder politischen Herrschaft. Das Christentum, der Feudalismus, die absolute Monarchie, der Kapitalismus, der Faschismus, der Kommunismus: sie alle haben sich Platons Lehre adaptiert, und selbst in den freiesten Ländern vergeht zu unsern Lebzeiten kein Monat, ohne daß die Poesie, nach platonischem Rezept, wegen Gotteslästerung, Zuchtlosigkeit oder Staatsgefährdung der Prozeß gemacht würde. In Wahrheit ist dieser Prozeß seit Platons Tagen anhängig, und die Verschiedenheit der inkriminierten Werke beweist, daß er nicht über dieses oder jenes einzelne Gedicht, sondern über die Poesie schlechthin eröffnet worden ist. Er schleppt sich nur von Fall zu Fall, von Instanz zu Instanz weiter fort. Nichts spricht dafür, daß er sich seinem Ende nähert. Immer dieselben Reden werden zwischen Anklage und Verteidigung gewechselt, und immer wird vor unzuständigen Gerichten und Kommissionen plädiert. In diese Verfahren einzugreifen ist ein Gebot der Notwehr, also eine traurige Notwendigkeit. Zum tausendsten Mal die platonischen Thesen zu widerlegen, die längst zum Unrat verkommen und aufs Niveau der Leitartikler, sei's im *Rheinischen Merkur*, sei's im *Neuen Deutschland*, herabgesunken sind: es ist ein Geschäft von der bittersten Langenweile. Poesie und Politik, das war und ist, in Deutschland zumal, ein immer leidiges, zuweilen blutiges Thema, getrübt von Ressentiment und Untertanengeist, Verdächtigung und schlechtem Gewissen.

Um so weniger haben wir das Recht, die Sache auf sich beruhen zu lassen. Vielmehr scheint es an der Zeit, die vergifteten Begriffe zu filtrieren und die alten Fragen auf neue Wege zu bringen. Notwehr genügt nicht. Widerlegung der Büttel, die sie verfolgen, klärt noch nicht auf, wie sich die Poesie zur

Politik verhält. Nützlicher vielleicht, darüber nicht allein ihre Ankläger und Verteidiger, sondern sie selber zu befragen; denn ihre Anwälte sind allemal sprachloser als sie. Je dunkler das Thema, desto durchsichtiger sollte die Methode der Untersuchung sein. Begnügen wir uns also vorläufig mit den einfachsten Auskünften, betrachten wir die Oberfläche der Sache, und erörtern wir, was auf der Hand liegt: das politische Gedicht. Gerade dort, wo sich die Poesie nicht von Anfang an der platonischen und allen folgenden Simplifikationen verweigert, wo sie ihr politisches Wesen offen ausspricht, ist zunächst Rat zu suchen.

Nicht anders als die politische Herrschaft beruft sich die Poesie in ihren Anfängen darauf, göttlichen Ursprungs zu sein. Beider gemeinsame Wurzel ist der Mythos. Die frühesten Gedichte verewigen Götter und Heroen. Die Vorstellung von ihrer Unsterblichkeit kommt aus dem Dunkel des Totenkults. Einzig und allein die Poesie vermag sie ins Licht des Ruhmes zu retten. Er ist eine Erfindung der Griechen. Erst bei den Römern wurde das einzigartige Vermögen der Poesie, Vergängliches zu verewigen, zum Politikum. Mit Vergil und Horaz beginnt die Geschichte der Poesie als politischer Affirmation in allem Ernst: fortan trachten die Herrschenden, damit die Mitwelt pariere, sich der Nachwelt zu versichern. Zu diesem Ende müssen sie sich den Dichter dienstbar machen. Damit bildet sich ein eigenes Genre politischer Poesie heraus, das sich als literarische Institution bis in unsere Zeiten behauptet hat, nämlich das sogenannte Herrscherlob. Eine gründliche Untersuchung dieser Erscheinung steht merkwürdiger- und vielleicht nicht zufälligerweise bis heute aus. Hier nur ein paar Andeutungen zur Geschichte der Gattung. Die antike Literaturtheorie ist bekanntlich ein Derivat der Rhetorik. In ihr nimmt seit dem Hellenismus die Lobrede eine zentrale Stellung ein. Sie wird dort, entsprechend der Praxis der professionellen Rhetoren, nicht von mythischen Ursprüngen oder aus der alten Kunst der Hymne abgeleitet, sondern vom öffentlichen Vortrag der Sophisten, also im wesentlichen von der Leichen- und Gerichtsrede. »Sie wurde politisch bedeutsam in der Kaiserzeit. Lateinische und griechische Lobreden auf die Herrscher waren eine Hauptaufgabe der Sophisten. Das Herrscherlob (basilikos logos) wurde damals als eigene Gattung eingeführt«[2].

Das blieb nicht ohne Folgen für die Poesie. Im zweiten nachchristlichen Jahrhundert kam es so weit, daß Hermogenes von Tarsos, einer der wichtigsten rhetorischen Lehrschriftsteller, sie geradezu als Panegyrik definieren konnte. Die Technik des Herrscherlobs wurde zu einem schulmäßigen System von Topoi ausgebaut, die sich, wie wir sehen werden, ohne große Mühe bis ins zwanzigste Jahrhundert verfolgen lassen. Die rhetorischen Regelbücher haben die Tradition des Herrscherlobs dem Mittelalter überliefert. Die Gattung breitete sich über ganz Europa aus, verband sich mit feudalen Vorstellungen und hielt sich an den Höfen bis an die Schwelle der Gegenwart: heute noch existiert in England und Schweden das Amt des königlichen Hofdichters.

Wie verhält sich die Poesie zur Politik? Daß ein Blick auf die Geschichte des Herrscherlobs (und seiner, freilich weit seltnern, Kehrseite, des Herrschertadels) für jeden, der sich diese Frage stellt, lehrreich sein muß, das liegt auf der Hand; denn wie auch immer jenes Verhältnis aussehen mag, hier wird es auf die Spitze getrieben, hier erscheint es explizit, konkret und unverhüllt im Text.

Die frühesten politischen Gedichte in deutscher Sprache, die Sprüche Walthers, geben dafür ein Schulbeispiel ab. Im Laufe von knapp zwanzig Jahren hat der Autor drei Kaisern gedient, erst dem Staufer Philipp, dann dem Welfen Otto, schließlich dem Staufer Friedrich II. Der zweimalige Wechsel seiner politischen Loyalität scheint ihm nicht schwer gefallen

2 Dies und das folgende nach Ernst Robert Curtius, *Europäische Literatur und lateinisches Mittelalter*. Bern 1948. Siehe dort besonders die Kapitel 8 und 9.

zu sein: ohne sichtbare Anstrengung seines Gewissens verherrlicht Walther von der Vogelweide zu jeder Zeit den siegreichen Fürsten. Er verhehlt durchaus nicht, daß seine Huldigungen dem Gebot der Opportunität gehorchen: im Gegenteil, er spricht diesen Zusammenhang offen aus.

Wie solt ich den geminnen der mir übele tuot?
mir muoz der iemer lieber sîn der mir ist guot,

so heißt's im Friedrichston[3]. Zu deutsch: Ich werde den loben, der sich angemessen zu revanchieren weiß. Solche Offenherzigkeit ist nicht mit Naivität zu verwechseln; sie ist taktisch sehr wohl bedacht. »Wirf von dir miltecliche!« – noch die rüdesten Bettelstrophen sind durch die ökonomische Abhängigkeit des Dichters von dem Herrscher, den er lobt, nicht hinreichend erklärt[4]. Ihre Unverschämtheit, ihr Mangel an Gêne, das gute Gewissen, mit dem sie ausgesprochen werden, eben das, was uns an ihnen peinlich oder unverständlich anmutet, ist charakteristisch. Nicht nur bezeichnet es genau ein Grundverhältnis der feudalen Gesellschaft, das zwischen dem Herren und seinem Vasallen, als eine gegenseitige Abhängigkeit, die auf Geben und Nehmen beruht. Der drohende, um nicht zu sagen: erpresserische Unterton gewisser Strophen besagt noch mehr: nämlich, daß der Dichter, seiner ökonomischen Abhängigkeit zum Trotz, politisch durchaus nicht ohnmächtig war. Der Fürst hatte ein Lehen zu vergeben, der Dichter aber den Ruhm – oder die Schande der üblen Nachrede, die keineswegs leicht zu ertragen war. Der Herrscher war auf sein Lob geradezu angewiesen, nicht aus Eitelkeit, sondern aus politischen Gründen; ganz als hätte seine Herrschaft der Beglaubigung durch die Poesie bedurft. So unbestreitbar das Sprichwort, Kunst ginge nach Brot, so wenig reicht es

3 Lachmann 26, 10.
4 A.a.O. 17, 6. Zum folgenden siehe vor allem 19, 17; 17, 11; 31, 23; 26, 23; 26, 33; 28, 1; 28, 31.

hin, die uralte Einrichtung des Patronats begreiflich zu machen, das die Regierenden den schönen Künsten, vor allem aber der Poesie gegenüber übernommen und traditionell behauptet haben. Ihr Dasein verdankt sich keineswegs einer besonderen Vorliebe, die sie für die Dichter gefaßt hätten: die mäzenatische Geste hat immer etwas von frommem Betrug, wenn sie *ex officio* geübt wird. Nicht der Kunstsinn oder die Großmut der Herrschenden macht ihre Wahrheit aus: sie dient letzten Endes dazu, den Schirmherrn vor seinem Protegé zu schützen, vor der Bedrohung seiner Herrschaft, die von der Poesie selber ausgeht. Eine Ahnung davon hat sich die feudale Gesellschaft immer bewahrt: noch in der ödesten Routine des Herrscherlobs, im Wust der servilsten Widmungsstrophen ist sie zu spüren. In einem großen Wort, geprägt am Ausgang der feudalen Epoche, ist diese Ahnung zu Ende gedacht. Der Graf von Gneisenau schrieb damals an seinen Prinzipal, einen gewissen Friedrich Wilhelm, der ihm eine Denkschrift mit der Bemerkung zurückgegeben hatte, sie sei »als Poesie gut«: »Auf Poesie ist die Sicherheit der Throne gegründet.«
Um diese Sicherheit war es bald geschehen. Die historische Ironie des Satzes blieb seinem Autor ebenso verborgen wie seinem Adressaten. Sie liegt darin, daß er ausgesprochen ward, als es zu spät war. Die Poesie sollte fortan die Kehrseite jener gründenden Macht offenbaren, die sie seit Vergil bewiesen hatte – jene Kehrseite, der das Mißtrauen und die heimliche Furcht ihrer Patrone von jeher gegolten hatte: statt ihrer gründenden also die sprengende, die stürzende Macht, statt der Affirmation die Kritik. An der Krise des Herrscherlobs und an seiner Agonie ist diese Wende abzulesen.

Goethe hat sich der herkömmlichen Hofpoesie nicht durchaus versagt. Er hat sich ihr als einer Fleißaufgabe unterzogen. Die devoten, glatten und kalten Strophen, die er an regierende Häupter gerichtet hat (etwa an den Kaiser und an die Kaiserin von Österreich), verraten keine Regung, es sei denn geheime Verachtung. Keine von ihnen hat Goethe in die Ausgabe letzter Hand aufgenommen. Sie sind der Niederschlag eines Arrangements, das jeder öffentlichen oder gar politischen Verbindlichkeit entriet, und eben darauf, die eigene, private Existenz aus dem Nexus der feudalen Gesellschaft auszusparen, waren sie abgesehen. Goethes Herrscherlob ist (soweit es nicht der Freundschaft zu dem jungen Carl August entspringt) durchaus zwielichtig und läßt bereits die souveränen Hintergedanken des Nachlasses ahnen:

Leider läßt sich noch kaum was Rechtes denken und sagen
Das nicht grimmig den Staat, Götter und Sitten verletzt[5].

Die letzten poetisch legitimen Verse, die sich als Herrscherlob charakterisieren lassen, wurden in Deutschland zu eben der Zeit niedergeschrieben, da der Graf von Gneisenau seinen Landesherrn vergebens auf die politische Bedeutung der Poesie für das *ancien régime* aufmerksam zu machen suchte. Sie stammen von Heinrich von Kleist. Das Gedicht *An Franz den Ersten, Kaiser von Österreich* aus dem Jahre 1809 versammelt in sich, noch einmal, und zum letzten Mal, die reinsten Kräfte jener Gattung, die es zugleich transzendiert:

O Herr, du trittst, der Welt ein Retter,
Dem Mordgeist in die Bahn;
Und wie der Sohn der duftgen Erde
Nur sank, damit er stärker werde,
Fällst du von neu'm ihn an!

Das kommt aus keines Menschen Busen
Auch aus dem deinen nicht;
Das hat dem ewgen Licht entsprossen,
Ein Gott dir in die Brust gegossen,
Den unsre Not besticht.

5 Aus dem Umkreis der *Venezianischen Epigramme*. Artemis-Ausgabe II, 177. Zürich 1950.

O sei getrost; in Klüften irgend
Wächst dir ein Marmelstein;
Und müßtest du im Kampf auch enden,
So wirds ein anderer vollenden,
Und dein der Lorbeer sein![6]

Von den Requisiten und Kunstgriffen, wie sie die Rhetorik des Herrscherlobs parat hat, macht das Gedicht in mancher Weise Gebrauch: es nennt Marmor und Lorbeer als Insignien des Ruhms, scheut nicht den obligaten mythologischen Vergleich (hier mit Antäus), und gibt den Fürsten, an den es sich wendet, gleichsam für einen Messias aus, von dessen Erscheinung nicht die Rettung einiger europäischer Kleinstaaten, sondern gleich der ganzen Welt abhängt. Noch einen anderen alten Topos scheint Kleist in dem Gedicht aufzunehmen: Herrschaft verdankt sich, wie die Poesie, der Inspiration; beide sind von gleichem Ursprung, nämlich von Gottes Gnaden. Aber der Gott, von dem hier die Rede ist, hat mit den alten Göttern nichts gemein. Das Gedicht verschweigt seinen Namen. Er ist kein anderer als der der Geschichte. Der Herrscher nämlich tritt als Person überhaupt nicht mehr auf; keiner der Verse spielt auf seine Vorfahren, auf sein Leben, auf seine Persönlichkeit an. Wer Franz der Erste ist, weiß der Dichter nicht; es ist gleichgültig. Denn der Herrscher ist kein Cäsar mehr, sein Geheimnis liegt nicht länger in seiner Person: er ist weiter nichts als der Statthalter der Geschichte, der Vollstrecker des Weltgeistes. Nach seinem Fall »wirds ein andrer vollenden«, gleichviel welchen Namens und welcher Dynastie. Kleists Gedicht ist ein Abgesang. Er vollendet das Herrscherlob und vernichtet es zugleich. Fünfundzwanzig Jahre später schreibt Georg Büchner im *Landboten:* »Der Fürst ist der Kopf des Blutigels, der über euch hinkriecht.«
Damit ist es mit dem Herrscherlob in der deutschen Literatur

6 *Sämtliche Werke und Briefe.* Herausgegeben von Helmut Sembdner. Band I, 28. München 1961.

vorbei. Der Rest ist Farce oder Niedertracht. Dieser Rest ist beträchtlich. Ungezählte haben, im Lauf der letzten hundertfünfzig Jahre, versucht, die tote Gattung fortzuführen. Sie taten es um den Preis ihrer Autorschaft. Seit Kleist schlägt jedes Huldigungsgedicht an die Herrschenden auf den zurück, der es verfaßt hat, und gibt ihn dem Hohn oder der Verachtung preis. Ein Opfer unter vielen und wohl das argloseste war Fontane, der kurz vor der Jahrhundertwende schrieb: *Wo Bismarck liegen soll.*

Nicht in Dom oder Fürstengruft,
Er ruh' in Gottes freier Luft
Draußen auf Berg und Halde,
Noch besser: tief, tief im Walde;
Widukind lädt ihn zu sich ein:
»Ein Sachse war er, drum ist er mein,
Im Sachsenwald soll er begraben sein.«

Der Leib zerfällt, der Stein zerfällt,
Aber der Sachsenwald, der hält;
Und kommen nach dreitausend Jahren
Fremde hier des Weges gefahren
Und sehen, geborgen vorm Licht der Sonnen,
Den Waldgrund im Efeu tief eingesponnen
Und staunen der Schönheit und jauchzen froh,
So gebietet einer: »Lärmet nicht so! –
Hier unten liegt Bismarck irgendwo« 7.

Der unfreiwillige Humor dieser Strophen, der sich im Irgendwo der letzten Zeile geradewegs zu einem Friederike-Kempner-Effekt steigert, beweist die katastrophale Unmöglichkeit dessen, was Fontane sich, gewiß guten Glaubens, vorgesetzt hat: ein modernes Herrscherlob zu verfassen. Weniger glimpf-

7 Geschrieben am 31. Juli 1898. Zitiert nach der Jubiläums-Ausgabe, I. Band. Berlin 1919.

lich sind spätere Versuche verlaufen, die Gattung zu neuem Leben zu erwecken. Vor ihnen versagt jede Ironie; sie sind entsetzlich nicht nur, weil sie ihre Urheber als geistige Personen gleichsam auslöschen. An Beispielen ist kein Mangel. Den Hitler-Hymnen der Gaiser, Seidel und Carossa läßt sich eine Probe wie die folgende ohne weiteres zur Seite stellen:

Als es geschah an jenem zweiten März,
Daß leiser, immer ferner schlug sein Herz,
Da war ein Schweigen wieder und ein Weinen,
Um Stalins Leben bangten all die Seinen.

Und als verhaucht sein letzter Atemzug,
Da hielt die Taube ein auf ihrem Flug
Und legte einen gold'nen Ölzweig nieder.
Die Völker sangen alle stille Lieder.

Den Namen Stalin trägt die neue Zeit.
Lenin, Stalin sind Glücksunendlichkeit.
Begleitet Stalin vor die Rote Mauer!
Erhebt Euch in der Größe Eurer Trauer!

Seht! Über Stalins Grab die Taube kreist,
Denn Stalin: Freiheit, Stalin: Frieden heißt.
Und aller Ruhm der Welt wird Stalin heißen.
Laßt uns den Ewig-Lebenden lobpreisen. [8]

Dieser Text wird nicht um des Ekels willen zitiert, den er erregen mag; nicht einmal sein Verfasser, ein Mann namens

8 Zitiert nach *Die Zeit* vom 9. Februar 1962. – An der Existenz der Hitler-Gedichte von Gerd Gaiser und Hans Carossa haben manche Kritiker Zweifel erhoben. Gaisers Gedicht *Der Führer* ist in seinem ersten Buch, *Reiter am Himmel,* nachzulesen, das 1941 erschienen ist; der Text von Carossa steht in einer »Tornisterschrift des Oberkommandos der Wehrmacht (Abteilung Inland). Zum Geburtstag des Führers 1941. Heft 37«; das Werk trägt den Titel *Dem Führer. Worte deutscher Dichter.*

Becher, ist für unser Vorhaben von Belang. Der Text interessiert nur als Symptom. Er erfüllt auf das genaueste die platonischen Vorschriften: »Aber des Kronos Taten und was ihm wieder von seinem Sohne begegnet, sollte wohl, denke ich, auch wenn es wahr wäre, unverständigen und jungen Leuten nicht so unbedacht erzählt werden, sondern am liebsten verschwiegen bleiben ... Wir wollen also ja nicht das glauben oder erzählen lassen, daß irgendein Heros es über sich gebracht habe, Ruchloses oder Frevelhaftes auszuüben, sondern wir wollen die Dichter nötigen zu erklären, daß solches nicht dieser Männer Taten sind, aber nicht zu sagen, daß Heroen um nichts besser sind als Menschen ... In den Staat ist nur der Teil von der Dichtkunst aufzunehmen, der Gesänge an die Götter und Loblieder auf hervorragende Männer hervorbringt«[9]. Bechers Text erfüllt zweitens, nicht weniger beflissen und bis zur Lächerlichkeit exakt, die Vorschriften der alten Rhetorik für das panegyrische Gedicht: Die Klischees, aus denen er montiert ist, sind samt und sonders in zweitausendjähriger Übung vernutzt worden. Ölzweig, Taube, ewiges Leben, »die Völker alle«: »Eine ... Wertsteigerung der zu preisenden Person wird (seit dem frühen Mittelalter) dadurch erreicht, daß man mitteilt, alle nähmen teil an der Bewunderung, Freude, Trauer ... Man wagt die Behauptung: ›alle Völker, Länder, Zeiten besingen den N. N.‹ ... Das Schema ›der ganze Erdkreis besingt ihn‹ wurde fester topos. Häufig wenden ihn die karolingischen Dichter auf Karl an«[10]. Die kopistenhafte Sorgfalt, mit der Becher, vermutlich ohne es zu ahnen, drittrangige Hagiographen und Grammatiker des lateinischen Mittelalters ausgeschrieben hat, ist verblüffend. Den Skandal, der darin liegt, daß Bechers Produkt überhaupt existiert, vermag sie nicht zu erklären. Er ist keine Frage des Handwerks. Der Text wäre auch durch keinen Kunstgriff zu retten, nicht

9 *Politeia* 378a; 391cd; 607a.
10 Curtius, a.a.O. S. 169 f.

durch den Verzicht auf die dümmlichen Vergleiche, die lügenhaft aufgeblasenen Metaphern, nicht durch syntaktische Nachhilfe. Widerwärtig sind nicht die Schnitzer, widerwärtig ist das Dasein jener Zeilen.

Warum? Dieser Frage wollen wir auf den Grund gehen; denn sie ist fundamental. Sie ist ferner bisher in ihrem vollen Ernst noch nicht gestellt und beantwortet worden, und zwar vermutlich deshalb nicht, weil es keiner kritischen Anstrengung bedarf, Hervorbringungen von jener nur allzu vertrauten Sorge zu erledigen. Sie richten sich selbst. Die Versuchung liegt nahe, es dabei bewenden zu lassen und sich die Begründung jenes Urteils zu ersparen. Wo sie aber versucht wird, greift sie in aller Regel zu kurz. Der Grund des Skandals liegt nämlich nicht dort, wo man ihn gewöhnlich vermutet: er liegt weder in der Person des Lobenden noch in der des Gelobten.

Der Rekurs auf die Gesinnungen und Beweggründe des Autors, der sich in den letzten Jahrzehnten überall eingebürgert hat, wo vom Verhältnis der Poesie zur Politik die Rede ist, kann eine Erscheinung wie das Ende des Herrscherlobs nicht aufklären. Er ist selber der Aufklärung bedürftig. Daß wir uns angewöhnt haben, nach der politischen »Zuverlässigkeit« oder gar »Tragbarkeit« eines Schriftstellers zu fragen, ist zwar angesichts der Erfahrungen, die wir mit unserer Literatur gemacht haben, begreiflich, doch zeigt sich schon an der Terminologie solcher Fragestellungen, daß sie die Kritik mit der totalitären Substanz ihrer Todfeinde zu infizieren drohen.

Der Hinweis auf die Parteiabzeichen, Ergebenheitsadressen und Staatsämter gewisser Autoren verschafft der Kritik Indizien, weiter nichts. Zu einem Urteil genügt er nicht. Kein einziges Gedicht von Benn, kein einziger Satz von Heidegger ist auf solche Weise zu widerlegen. Diese Feststellung entschuldigt nicht den mindesten Akt der Barbarei. Sie wird nicht getroffen, um die Festredner Hitlers oder Stalins der Kritik zu entziehen. Es handelt sich im Gegenteil darum, sie einer Kritik allererst zu überliefern, die sich ihre Arbeit nicht zu leicht macht. Kritischer Schärfe begibt sich, wer nach den Motiven auch nur fragt, die beispielsweise Becher zu seiner Stalin-Hymne bewogen haben. Ob er sie aus Dummheit oder aus Opportunismus, freiwillig oder unter Druck geschrieben hat, das alles ist durchaus gleichgültig. Das gleiche gilt für die Sentiments in Bechers Brust: gläubige Überzeugung oder zynisches Blinzeln, mühseliger Selbstbetrug oder augurenhafter Schwindel – das gilt gleichviel. Herrscherlob und Poesie sind unvereinbar: der Satz gilt für Fontane so gut wie für Becher, also unabhängig von der Person des Autors, der ihm zuwiderhandelt, aus welchen Gründen und Gesinnungen auch immer.

Unabhängig nicht nur vom Subjekt, sondern auch vom Objekt des Herrscherlobs. Wiederum trifft jede Erklärung zu kurz, die sich an die Person des Gepriesenen heftet. Nicht Stalins Verbrechen disqualifizieren Bechers Text; es genügt, daß er sich überhaupt an einen Herrschenden richtet. Der Vergleich mit Fontanes harmlosem Elaborat ist auch in dieser Hinsicht lehrreich. Das Gedicht kann sich an keinen Staatsmann mehr wenden, ganz gleichgültig, wie wir ihn beurteilen. Poesie, die sich an Adenauer wendet, ist ebenso unvorstellbar, sie widerlegt sich ebenso selbst, als besänge sie Hitler, Kennedy oder de Gaulle. Es handelt sich um eine Erscheinung, die mit ideologischen oder moralischen Begriffen nicht zu fassen ist. Dafür spricht nicht nur die Tatsache, daß kein Autor von einiger Bedeutung einen solchen Versuch aus freien Stücken unternommen hat. Der Beweis läßt sich *ex contrario* führen: mit der Möglichkeit des poetischen Herrscherlobs ist auch die Möglichkeit der Schmähung geschwunden. Diese Erfahrung hat schon Heine gemacht[11]. Es gibt kein poetisch legitimes Werk, das Hitlers Namen aufbewahrt. An dem Versuch, ihn im Gedicht zu schmähen, ist sogar Brecht gescheitert, ebenso wie an

11 Etwa in den ironischen *Lobgesängen auf König Ludwig* (1841); der Vers verkommt zu mittelmäßigem Kabarett, ja zum Bierulk, sobald der Name eines Herrschers fällt.

dem Gedicht *Die Erziehung der Hirse*, in dem der Name Stalins fällt, und an einer *Kantate zu Lenins Todestag*[12]. Dieses Scheitern ist durch und durch politischer Natur. Das Gedicht sträubt sich gegen Herrscherlob und Herrscherschmähung nicht etwa aus einem allgemeinen Zwang zur Abstraktion. Nicht daß sie konkret, beim Namen, genannt werden, zerstört alle Gedichte auf Hitler oder Stalin: nicht Personennamen schlechthin verwirft die Poesie, nur die der Herrschenden. Auf jeden andern einzelnen sind Gedichte möglich wie eh und je: auf eine Frau, auf einen Freund, auf einen Taxi-Chauffeur, auf einen Gemüsehändler. Nicht wenige Grundtexte der modernen Poesie richten sich an Personen: Lorca hat den Stierkämpfer Ignacio Sanchez Mejías in einem Oratorium beklagt, Supervielle hat eine Ode an Lautréamont und Auden ein Memorial für William Butler Yeats geschrieben, und keinem dieser Namen verweigert sich die dichterische Sprache, sie gehen alle in den Text ein, ohne ihn zu sprengen[13].

Was ist mit diesen Überlegungen gewonnen? Das Ende des Herrscherlobs, also einer extrem politischen Erscheinung in der Poesie, widersetzt sich jeder Erklärung aus der Politik, aus der Psychologie oder der Soziologie. Es handelt sich um einen objektiven Sachverhalt: die poetische Sprache versagt sich jedem, der sie benutzen will, um den Namen der Herrschenden zu tradieren. Der Grund dieses Versagens liegt nicht außerhalb, sondern in der Poesie selbst. Damit ist ein ent-

12 Das Wort Hitler erscheint nur in zwei Gedichten Brechts, dem *Lied vom Anstreicher Hitler* und den *Hitler-Chorälen (Gedichte* III, S. 35 ff., Frankfurt 1961). Beide stammen aus dem Jahr 1933. Später hat Brecht den Namen konsequent getilgt und an seiner Statt Umschreibungen wie »der Trommler« oder »der Anstreicher« benutzt. (Zum Beispiel a.a.O. IV, S. 10 f., 16, 100 usw.) Es handelt sich hier keineswegs um eine Äußerlichkeit. Die wirksamsten Angriffe Brechts auf den Faschismus vermeiden jede Anspielung auf Hitler. – Die beiden Lenin-Gedichte stehen a.a.O. IV, S. 59 f. und S. 91 ff. – *Die Erziehung der Hirse*. Berlin 1951.

13 Die genannten Gedichte finden sich im *Museum der modernen Poesie*. Frankfurt 1960.

scheidender Punkt erreicht, und wir können das Beispiel des Herrscherlobes fallenlassen: wir haben es nur als Brecheisen benutzt, um die Krusten aufzustemmen, unter denen verborgen liegt, was Poesie mit Politik verbindet und was sie von ihr scheidet.

Das Beispiel lehrt: Der politische Aspekt der Poesie muß ihr selber immanent sein. Keine Ableitung von außen vermag ihn aufzudecken. Das spricht der marxistischen Literaturlehre, wie sie sich bis heute versteht, das Urteil. Ihre Versuche, den politischen Gehalt eines poetischen Werkes zu isolieren, gleichen Belagerungen. Sie umzingeln das Gedicht von außen; je stärker es ist, desto weniger läßt es sich zur Übergabe zwingen. Aus welcher Klasse ist der Autor hervorgegangen? Wie hat er seinen Stimmzettel ausgefüllt? Welche Note verdienen seine ideologischen Äußerungen? Wer hat ihn bezahlt? Für welches Publikum hat er geschrieben? Hat er Schlösser oder Baracken bewohnt? Wofür hat er sich »eingesetzt«, und wogegen? Berechtigte Fragen, hochinteressante, gern vernachlässigte Fragen, aufschlußreich, nützlich – nur den Kern der Sache erreichen sie nicht. Sie wollen von ihm nichts wissen. Literaturkritik als Literatursoziologie wird blind für ihren Gegenstand, nimmt an ihm nur noch wahr, was ihm äußerlich ist, und gibt ihr Urteil über die Qualität der Werke, mit denen sie sich befaßt, schon mit der Wahl ihrer Kategorien preis, noch ehe es ergangen ist. Daher ihre Vorliebe für die Klassiker; sie erspart die lästige Frage nach dem Rang des Werks, an dem sie sich versucht. So hat die marxistische Kritik die Urteile des bürgerlichen Literatur-Kanons von jeher ohne Widerspruch übernommen und sich mit ihrer Umfunktionierung begnügt. Die Kehrseite dieser »Pflege des Erbes« ist die verheerende Unsicherheit angesichts der aktuellen Produktion. Marx hat sich nur über einen einzigen zeitgenössischen Roman ausführlich geäußert: das waren *die Geheimnisse von Paris*, ein Trivialroman von Eugène Sue[14]. Die

14 In: *Die heilige Familie*, Kapitel V und VIII. Frankfurt 1845.

Theorie des Realismus, die Engels entwickelt hat, geht von der Diskussion einer längst verschollenen englischen Kolportagegeschichte aus[15]. Was Marx und Engels über die Tragödie zu sagen haben, knüpft an Ferdinand Lassalles Drama *Franz von Sickingen* an; über Büchners Werk, das im selben Jahrzehnt erschien, kein Wort[16]. Ganz genau so wahllos geht, hundert Jahre später, Georg Lukács mit der zeitgenössischen Produktion um: er spielt, auf dem Schachbrett seiner Realismus-Theorie, Romain Rolland und Theodore Dreiser beherzt gegen Proust, Joyce, Kafka und Faulkner aus, ohne daß ihm auch nur der geringste Verdacht käme, eine solche Partie von Bauern gegen Könige und Damen könnte den Herausforderer lächerlich machen[17]. Glücklicherweise haben sich weder Marx noch Lukács über die Poesie geäußert; was uns dadurch erspart geblieben ist, läßt sich nur mutmaßen. Während die orthodoxe Literatursoziologie sich nämlich in das Innere eines Romans oder eines Dramas über die Eselsbrücke der Handlung noch halbwegs Einlaß verschaffen kann, schließt das Gedicht solche Zuwege von vornherein aus. Ein anderer Zugang als der über die Sprache ist nicht möglich. Deshalb ignoriert Lukács die Poesie.

Solche Borniertheit spielt jener bürgerlichen Ästhetik in die Hände, die der Poesie jeden gesellschaftlichen Aspekt absprechen möchte. Die Verfechter der Innerlichkeit sind allzumal reaktionär. Politik möchten sie als Spezialität, die am besten den Fachleuten überlassen bliebe, von allem andern menschlichen Handeln reinlich abscheiden. Der Poesie raten sie, bei jenen Leisten zu bleiben, über die sie von ihnen geschlagen wird, also beim höhern Streben und bei den ewigen Werten. Solche Enthaltsamkeit wird mit der Verheißung

15 Entwurf eines Briefes an Margret Harkness, in: Karl Marx und Friedrich Engels, *Über Kunst und Literatur*. Berlin 1949.

16 Ebendort. Über *Marx, Engels und die Dichter* siehe das so betitelte Buch von Peter Demetz, das auch ein ausführliches Kapitel über Lukács enthält. Stuttgart 1959.

17 Georg Lukács, *Wider den mißverstandenen Realismus*. Hamburg 1958.

zeitloser Gültigkeit prämiiert. Hinter diesen hochtrabenden Verkündigungen verbirgt sich eine Verachtung der Poesie, nicht geringer als die des landläufigen Marxismus. Die politische Quarantäne, die über sie im Namen der ewigen Werte verhängt werden soll, dient nämlich selber politischen Zwekken: ihnen soll das Gedicht, gerade dort, wo seine Gesellschaftlichkeit geleugnet wird, hinterrücks dienstbar gemacht werden, als Dekoration, als Paravent, als Ewigkeitskulisse. Einig sind sich beide Seiten, sind Weidlé und Lukács (beispielsweise) sich darin, daß Poesie, als das, was sie an sich selber ist, und besonders moderne Poesie, stört, nicht ins Konzept paßt, weder ins eine noch ins andere, weil sie niemands Magd ist.

Die Verwirrung der Begriffe ist allgemein und nahezu vollkommen. Auf der Suche nach Feinden und Bundesgenossen werden die Tagebücher und die Briefe, die Meinungen und die Lebensläufe der Dichter durchforstet – daß sie sich nebenbei auch noch mit Poesie beschäftigt haben, wird zur *quantité negligeable*. Einige Beispiele dieser trostlosen Konfusion:

So weit von einer progressiven Literaturkritik bei uns die Rede sein kann, hat sie von eh und je die deutsche Romantik für eine Agentur der Reaktion gehalten[18]. Sie hat davon gehört, daß es unter den Romantikern Gutsbesitzer und Antisemiten gab; sie hat aber nicht davon gehört, daß von Novalis und Brentano, diesen politisch unzurechnungsfähigen Söhnen des deutschen Bürgertums, eine poetische Revolution ausgegangen ist, mit der die Moderne beginnt und ohne die, was Trakl und Brecht, Heym und Stadler, Benn und Arp, was Apollinaire und Eluard, Lorca und Neruda, Jessenin und Mandelstam, Eliot und Thomas geschrieben haben,

18 Zwei große Ausnahmen: Benjamin und Adorno. Benjamins frühe Abhandlung über den *Begriff der Kunstkritik in der deutschen Romantik* (*Schriften* II, Frankfurt 1955) und Adornos Aufsatz *Zum Gedächtnis Eichendorffs* (*Noten zur Literatur* I, Frankfurt 1958) könnten ein wahres Verständnis romantischer Poesie begründen.

überhaupt nicht gedacht werden kann. Sie hat sich damit begnügt, die Romantik ideologisch abzufragen, sie als konterrevolutionäre Bewegung zu denunzieren und damit ein unentbehrliches, mächtiges Element der modernen Tradition dem Nationalismus, später dem Faschismus zu überantworten. Dafür stellte sie den Herwegh, Freiligrath und Weerth, also einer durchaus mediokren, epigonalen Poesie gute, fortschrittliche Noten aus. Die Folgen sind heute noch der vermeintlich revolutionären Goldschnittlyrik anzumerken, die in Dresden und Leipzig geübt wird.

Umgekehrt: Ein Kritiker der deutschen Rechten, der das träge, hauptsächlich mit Verdauung beschäftigte geistige Klima in der Bundesrepublik (er nennt es »postrevolutionär« und gibt damit zu erkennen, daß seine Vorstellung von Revolution sich auf die Hitlerei beschränkt) – der dieses Klima mit einem allgemeinen Weltzustand verwechselt, ein bürgerlicher Kritiker also versucht im Jahre 1961 Baudelaire und Eliot als brave Konservative für sein schrumpfendes Lager zu reklamieren, indem er gegen umstürzende Werke reaktionäre Ansichten ihrer Verfasser ausspielt. Allerdings hat Baudelaire in sein Tagebuch die entsetzliche Phrase geschrieben: »Belle conspiration à organiser pour l'extermination de la Race Juive« [19]. Macht dieser Satz *Les Fleurs du Mal* zu einer SS-Postille? Allerdings hat sich T. S. Eliot zur Monarchie und zur anglikanischen Kirche bekannt. Wird dadurch *The Waste Land* zum erbaulichen Plädoyer für eine Literatur von vorgestern? Können Ansichten den poetischen Aufruhr jener Verse an die Kette legen? Freilich, Ansichten sind den selbstbestallten ideologischen Wächtern, seit Platons Tagen, immer wichtiger gewesen als der objektive gesellschaftliche Gehalt der Poesie, der nirgends sonst als in ihrer Sprache zu suchen ist. Ihn ausfindig zu machen, setzt allerdings Gehör voraus.

Fragwürdig bis zur Unbrauchbarkeit wird unter solchen Auspizien der Begriff des politischen Gedichts. Was er besagt,

19 *Journaux intimes. Mon coeur mis à nu.* LXXXIII.

meint jeder zu wissen. Sieht man näher zu, so findet man ihn fast ohne Ausnahme angewandt auf Texte, die agitatorischen oder repräsentativen Zwecken dienen. Für sie gilt aber, was sich am Beispiel des Herrscherlobes gezeigt hat. Der Befund läßt sich verallgemeinern auf Kampfgesänge und Marschlieder, Plakatverse und Hymnen, Propaganda-Choräle und versifizierte Manifeste, gleichgültig, wem und welcher Sache sie nützen sollen. Sie sind entweder unbrauchbar für die Zwecke ihrer Auftraggeber, oder sie haben mit Poesie nichts zu tun. Eine Nationalhymne, die ein legitimes Gedicht wäre, ist im zwanzigsten Jahrhundert nicht geschrieben worden: sie kann nicht geschrieben werden. Der Versuch ist strafbar, durch Lächerlichkeit. Wer's nicht glauben will, vergleiche zwei Bemühungen aus der jüngsten deutschen Vergangenheit:

Auferstanden aus Ruinen
Und der Zukunft zugewandt,
Laß uns dir zum Guten dienen
Deutschland, einig Vaterland.[20]

So heißt es in der Nationalhymne der DDR, die Johannes R. Becher im Jahre 1950 angefertigt hat. Für die Bundesrepublik hingegen hat Rudolf Alexander Schröder eine Hymne entworfen, der das damalige Staatsoberhaupt freilich den altbewährten, immer wieder aktuellen Fallerslebenschen Text vorgezogen hat. Schröder schlug zu Anfang der fünfziger Jahre die folgenden Verse vor:

Land der Liebe, Vaterland,
Heilger Grund, auf den sich gründet,
Was in Lieb und Leid verbündet
Herz mit Herzen, Hand mit Hand:
Frei wie wir dir angehören
Und uns dir zu eigen schwören,

20 *Auswahl in sechs Bänden.* I. Berlin 1959.

Schling um uns dein Friedensband,
Land der Liebe, Vaterland! [21]

Ungeachtet der ideologischen Differenz zwischen den beiden Verfassern sind ihre Werke austauschbar. Phrasierung, Prosodie und Sprachvorrat sind identisch. Von politischen Gedichten wird man in beiden Fällen kaum sprechen können, da diese Hymnen mit Poesie nicht mehr gemein haben als jeder beliebige Reklamespruch der Margarineindustrie. Ihren politischen Auftrag erfüllen sie: durch Lügen. Dem gegenüber ein Gedicht von Brecht, *Der Radwechsel:*

Ich sitze am Straßenhang.
Der Fahrer wechselt das Rad.
Ich bin nicht gern, wo ich herkomme.
Ich bin nicht gern, wo ich hinfahre.
Warum sehe ich den Radwechsel
Mit Ungeduld? [22]

Ein politisches Gedicht? Die bloße Frage zeigt, wie wenig mit dieser Kategorie auszurichten ist. Ein Rad wird gewechselt. Sechs Zeilen, in denen vom Vaterland nicht weiter die Rede ist, auch von keinem Regime; sechs Zeilen, vor denen der Eifer der ideologischen Splitterrichter stockt. Auch sie sehen den *Radwechsel* mit Ungeduld, denn für ihre Zwecke läßt sich das Gedicht nicht ausmünzen. Es sagt ihnen nichts; dazu ist es zu vielsagend. Geschrieben ist es im Sommer des Jahres 1953. Ein politisches Gedicht oder nicht? Das ist ein Streit um Worte. Bedeutet Politik Teilhabe an der gesellschaftlichen Verfassung, die sich Menschen in der Geschichte geben, so ist *Der Radwechsel*, wie jedes nennenswerte Gedicht, von politischem Wesen. Bedeutet Politik den Gebrauch der Macht zu den Zwecken derer, die sie innehaben, so hat

21 *Fülle des Daseins.* S. 106. Frankfurt 1958.
22 *Ausgewählte Gedichte.* S. 49. Frankfurt 1960.

Brechts Text, so hat Poesie nichts mit ihr zu schaffen. Das Gedicht spricht mustergültig aus, daß Politik nicht über es verfügen kann: das ist sein politischer Gehalt.

Damit ist ausgemacht: mit blanken, linearen Thesen ist das dunkle Thema nicht zu erschöpfen. Aufs Ganze gesehen, nicht vom einzelnen Text her, auf dies oder ein anderes Gedicht hin formuliert, stehen uns über Poesie und Politik nicht viel Sätze zu Gebote, die einfach wären. Auf ihnen ist zu bestehen, nicht weil sie neu sind, sondern weil sie, als wohlbekannte, jederzeit vergessen werden: Poesie und Politik sind nicht »Sachgebiete«, sondern historische Prozesse, der eine im Medium der Sprache, der andere im Medium der Macht. Beide sind gleich unmittelbar zur Geschichte. Literaturkritik als Soziologie verkennt, daß es die Sprache ist, die den gesellschaftlichen Charakter der Poesie ausmacht, nicht ihre Verstrickung in den politischen Kampf. Bürgerliche Literaturästhetik verkennt oder verheimlicht, daß Poesie gesellschaftlichen Wesens ist. Entsprechend plump, entsprechend unbrauchbar die Antworten, die beide Lehren vorzuschlagen haben auf die Frage, wie der poetische zum politischen Prozeß sich verhalte: total unabhängig hier – total abhängig dort. Einerseits Parteikalender, andererseits Zeitlosigkeit. Unerforscht, ja ungefragt bleibt, worauf es ankäme. Für das, was zu sagen bleibt, sind wir auf Vermutungen und Postulate angewiesen. Keine Wissenschaft springt ihnen bei.
»Wegen ungünstiger Witterung fand die deutsche Revolution in der Musik statt«[23]. Dieses bitterböse Wort von Tucholsky, Historikern unserer politischen Geschichte als Motto dringend zu empfehlen, sagt mehr, als ihm auf den ersten Blick anzumerken ist; mehr vielleicht, als sein Urheber im Sinn hatte. Revolutionen werden nicht nur in der Politik gemacht. »Dieses müssen die Vorsteher der Stadt vor allen Dingen verhüten, daß irgend etwas geneuert werde in der Musik gegen

23 *Gesammelte Werke* III, S. 656. Hamburg 1961.

die Einrichtung, vielmehr diese aufs möglichste aufrecht halten ... Denn Gattungen der Musik neu einzuführen, muß man scheuen, als wage man dabei alles; weil nirgends die Gesetze der Musik geändert werden, als nur zugleich mit den wichtigsten bürgerlichen Ordnungen ... Hier also müssen die Wächter ihre Hauptwacht erbauen: in der Musik schleicht sich diese Gesetzwidrigkeit gar leicht ein und unbemerkt, als wenn es nur Scherz wäre und gar nichts Böses daraus entstünde. Es entsteht aber nichts anderes daraus, als daß sie nach und nach sich festsetzend allmählich in die Sitten und Gewöhnungen einfließt, aus diesen dann versteigt sie sich schon größer in die Geschäfte der Bürger miteinander, und von diesen Geschäften kommt sie dann an die Gesetze und die Verfassung mit großem Übermut und Üppigkeit, bis sie endlich alles, das gemeinsame Leben und das besondere, umgekehrt hat«[24]. Einsichtiger als Platon hat kein Feind der Poesie ihre Wirkungen beschrieben: unabsehbare Wirkungen, für niemand, auch für den Dichter nicht, kalkulierbar, wie die eines Spurenelements oder einer Ausschüttung von winzigen Sporen. Platons Warnungen sehen schärfer als alle bisherige Literaturwissenschaft: sie beziehen sich nicht auf manifest politische Meinungen und Inhalte, sondern auf den Kern des poetischen Prozesses, der sich der Kontrolle durch die Wächter zu entziehen droht: seine politischen Folgen sind nirgends gefährlicher als dort, wo sie dem poetischen Handeln gar nicht zur Richtschnur dienen.

Platons totalitäre Schüler haben für diesen Zusammenhang, ihrer barbarischen Unwissenheit zum Trotz, einen sichreren Instinkt bewiesen als die Ästhetiker aus Profession; ihre Schrifttumskammern haben nicht allein Tendenzen und Inhalte, sie haben, platonisch gesprochen, »Vortragsweisen« und »Tonarten«, also Abweichungen in der poetischen Sprache

24 *Politeia* 424a–e. Wie es griechischer Auffassung entspricht, faßt Platon unter den Begriff der Musik, was wir den Rhythmus und die metrische Figur, auch Tonfall und Phrasierung des Gedichts nennen würden. Das geht auch aus dem Kontext hervor: siehe besonders 398c–401a.

selbst als Staatsgefährdung verboten, und noch vor wenigen Jahren hat das Politbüro eines mitteleuropäischen Kleinstaates einem Dichter die makabre Reverenz erwiesen, ihn zu einer Änderung der Interpunktion zu zwingen, die er für seine Texte gewählt hatte: im Namen der Staatsraison ward ihm auferlegt, die Punkte und Kommata, die er fortgelassen hatte, wieder einzusetzen. Wer darüber lacht, ist schlecht beraten. Der Vorfall, so gering er scheint, zeigt, was buchstäblich wahr ist und doch nicht wahrgenommen wird, obwohl an jeder Straßenecke der Kultur davon die Rede ist: in der Poesie selbst gibt es konservative und revisionistische, revolutionäre und reaktionäre Momente. Was bedeuten diese Worte, wenn man sie auf den poetischen Prozeß bezieht? Um sie dem Geschwätz zu entreißen, um ihnen zur Genauigkeit zu verhelfen, hätte man sich allerdings nicht auf ideologische Reaktionen, sondern auf Werke, nicht auf Ansichten, sondern auf Sprache zu berufen. Mancher königstreue Landedelmann erschiene dann als Umstürzler, mancher politische Jakobiner als poetischer Dunkelmann. Der revolutionäre Prozeß der Poesie entfaltet sich, so steht es zu vermuten, eher in stillen, anonymen Wohnungen als auf den Kongressen, wo dröhnende Barden in der Sprache dichtender Kaninchenzüchter die Weltrevolution verkünden.
Einsicht, die weiter reichen möchte in das, was Poesie mit Politik verbindet, was Poesie von Politik scheidet, kann sich nicht mit Beweisen rüsten und ist nicht ohne Risiko, will heißen, nur als Vermutung und Postulat, zu gewinnen. Drei Thesen über die Entfaltung des poetischen Prozesses in der Geschichte und über das Verhältnis, das zwischen ihm und dem politischen stattfindet, sollen schließlich vor- und angeschlagen sein.

I. Auf dem Recht ihrer Erstgeburt muß Poesie aller Herrschaft gegenüber unbestechlicher denn je beharren. Seit hundert Jahren kommt, was ihn vom politischen unterscheidet, im poetischen Prozeß immer deutlicher zutage. Je größer der

Druck, dem das Gedicht sich ausgesetzt sieht, desto schärfer drückt es diese Differenz aus. Sein politischer Auftrag ist, sich jedem politischen Auftrag zu verweigern und für alle zu sprechen noch dort, wo es von keinem spricht, von einem Baum, von einem Stein, von dem was nicht ist. Dieser Auftrag ist der schwierigste. Keiner ist leichter zu vergessen. Niemand ist da, um Rechenschaft zu fordern; im Gegenteil wird belohnt, wer ihn ans Interesse der Herrschenden verrät. In der Poesie aber gilt kein mildernder Umstand. Das Gedicht, das sich, gleichviel ob aus Irrtum oder Niedertracht, verkauft, ist zum Tod verurteilt. Pardon wird nicht gegeben.

II. Herrschaft, ihres mythischen Mantels entkleidet, ist mit Poesie nicht länger zu versöhnen. Fortan ist, was früher Inspiration hieß, auf den Namen der Kritik getauft: Kritik wird zur produktiven Unruhe des poetischen Prozesses. Das Gedicht ist, in den Augen der Herrschaft, die außer ihr selber keine ἀρχή anerkennen kann, anarchisch; unerträglich, weil sie darüber nicht verfügen kann; durch sein bloßes Dasein subversiv. Es überführt, solange es nur anwesend ist, Regierungserklärung und Reklameschrei, Manifest und Transparent der Lüge. Sein kritisches Werk ist kein anderes als das des Kindes im Märchen. Daß der Kaiser keine Kleider trägt, zu dieser Einsicht ist kein »Engagement« vonnöten. Genug, daß ein einziger Vers das sprachlose Gejohl des Beifalls bricht.

III. Poesie tradiert Zukunft. Im Angesicht des gegenwärtig Installierten erinnert sie an das Selbstverständliche, das unverwirklicht ist. Francis Ponge hat bemerkt: seine Gedichte seien geschrieben als wie am Tage nach der geglückten Revolution. Das gilt für alle Poesie. Sie ist Antizipation, und sei's im Modus des Zweifels, der Absage, der Verneinung. Nicht daß sie über die Zukunft spräche: sondern so, als wäre Zukunft möglich, als ließe sich frei sprechen unter Unfreien, als wäre nicht Entfremdung und Sprachlosigkeit (da doch Sprachlosigkeit sich selbst nicht aussprechen, Entfremdung sich nicht mitteilen kann). Solches Vorgreifen schlüge ihr zur

Lüge aus, wäre es nicht zugleich Kritik; solche Kritik, wäre sie nicht Antizipation im gleichen Atemzug, zur Ohnmacht. So bedroht, so schmal ist der Weg der Poesie, und so gering, nicht größer als das unsere, doch deutlicher, ihr Glück.

Namenregister

Suhrkamp Verlag GmbH
Torstraße 44, 10119 Berlin
info@suhrkamp.de
www.suhrkamp.de